Princess Crane
Text by Haruko Akune
Illustrations by Yasuo Segawa

Originally published by Fukuinkan Shoten Publishers, Inc., Tokyo, 1972
This paperback edition published by Fukuinkan Shoten Publishers, Inc., Tokyo, 2004

Printed in Japan

花ふぶきの章

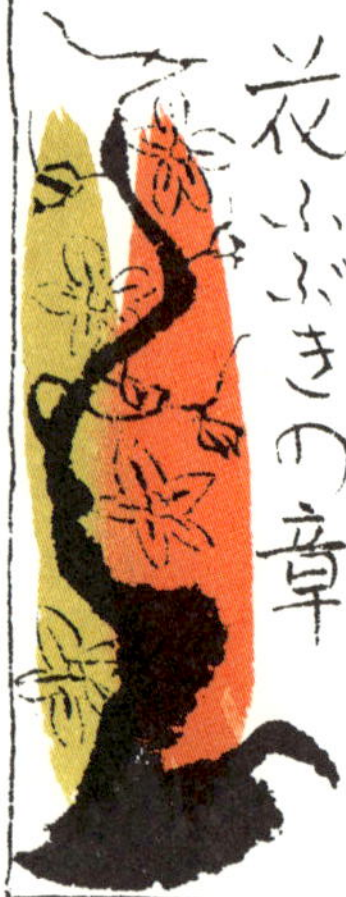

まつりの章

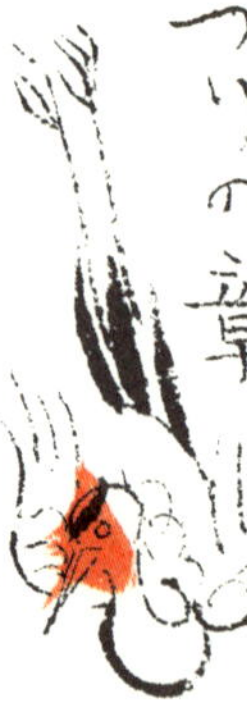

やくそくの章

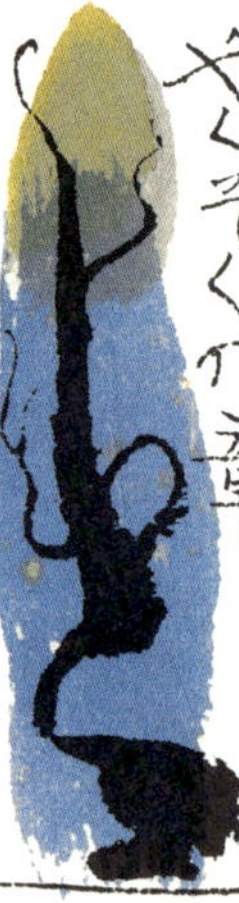

白馬の章

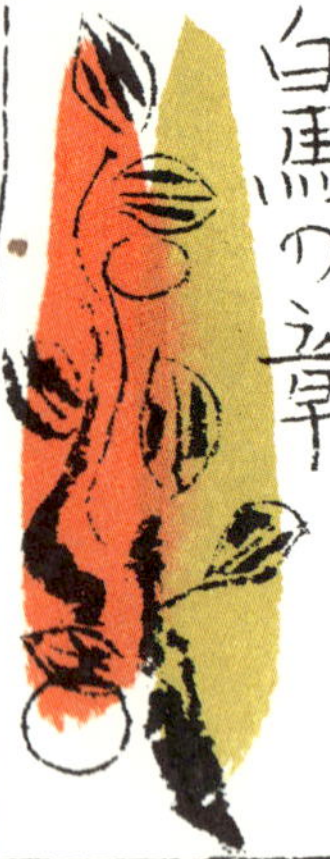

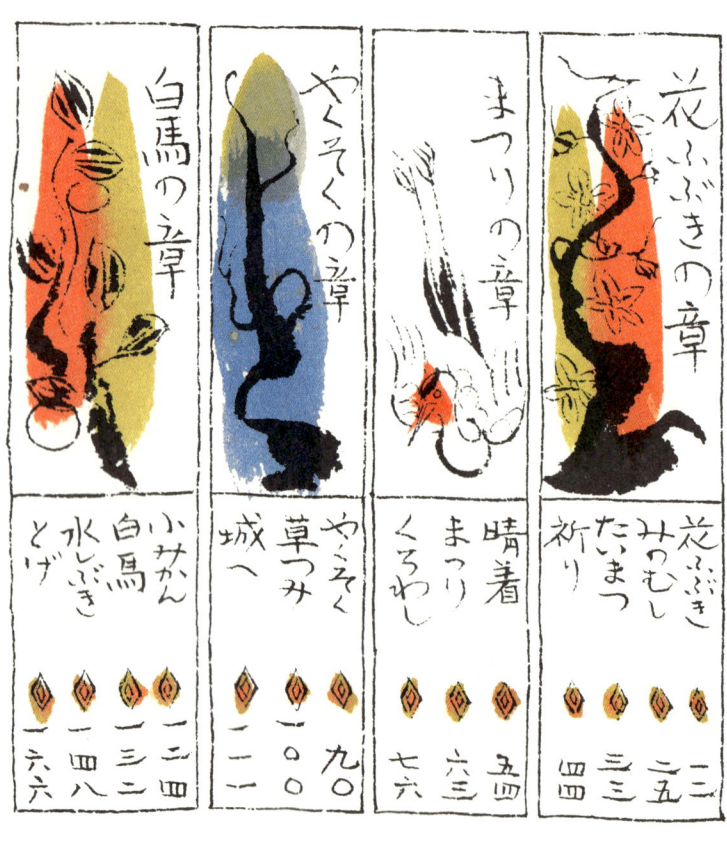

海鳴りの章

誓いの章

海鈴の章

絵　瀬川康男

花ふぶきの章

花ふぶき

「とうさま、とうさま。」

花ざかりの桜《さくら》の古木の下から、よく澄《す》んだ声が、あどけなく父を呼《よ》ぶ。まもなく、うすくれないの花影《はなかげ》をぬけて、赤い小袖《こそで》をすそみじかに着たつるが、まっすぐに走りでてきた。さくりと切りそろえた黒い髪《かみ》が、ひたいと肩《かた》のあたりで、さらさら風にゆれる。

その胸《むね》に、さもたいせつげにささげている両の手は、何をのせているのか、ふっくらあいらしい。

ここは、瀬戸内《せとうち》の海ぞいの国、伊予《いよ》の国は今治《いまばり》の里、大祝屋敷《おおほうりやしき》の庭。

大楠《おおくす》の森を背《せ》に、朝の光に映《は》えて淡雪《あわゆき》の小山かとばかり咲《さ》きほころぶ桜《さくら》の木、その横《よこ》には、大きなそてつが鬼《おに》のようにどっしりすわっているのも、南の国の庭らしい風情《ふぜい》だ。

つるの呼《よ》び声にさそわれて、つるの父、大祝安用《おおほうりやすもち》が、館《やかた》のひろいぬれ縁《えん》に立った。少しやせぎみの背《せ》が、すっきりと高い。

「なんじゃ、つる。」

縁《えん》にかけよったつるは、ついと背伸《せの》びをすると、桜《さくら》の花びらをこぼれるほど盛《も》った両手を、そっと安用《やすもち》へさしだし、小首《こくび》をかしげてにこっと笑《わら》った。

「ほれ、とうさま。

さくらの飯《まま》じゃ。

どうぞ、めしあがれ。」

「ほほう、いや、これはこれは。

たいしたごちそうじゃのう、つる。まるで、まつりの日の膳《ぜん》のようじゃ。」

ものしずかな安用《やすもち》の目が、やさしく細まり、じっとつるにそそがれる。

つるは、この正月五つになったばかり。

ふくよかなまるいほほ。品のいい小鼻《こばな》。

きりっとしまったくちびる。とりわけ、やや濃《こ》い眉《まゆ》の下に、くっきりと目尻《めじり》のきれた大きな涼《すず》しいひとみは、時にかわいく時にかしこげに時にいたずらっぽく、いきいきとかがやいて美しい。

今年四十六をかぞえる安用《やすもち》は、こんなつるが、末娘《すえむすめ》としておそがけにさずかったたった一人の女の子であるだけに、いとしくてならない。だまってほほえみつづける父の顔を見上げていたつるは、また小首《こくび》をかしげてたずねた。
「とうさま。
さくらの飯《まま》が、お気にめしたようならば、もう一ぱい進ぜましょうか。
ねっ、とうさま。」

古くから、瀬戸内《せとうち》は、日本の東と西をつなぐ大切な海の道だった。たたかいの舟も、商《あきな》いの舟も、たびびとの舟も、釣《つ》りびとの舟も、みなこの海を通っていく。それゆえ、瀬戸内《せとうち》の海のちょうどまん中にあたる大三島《おおみしま》は、森に神をまつり岬《みさき》に城《しろ》をきずいて、瀬戸内《せとうち》の海を守る関所のような、重い役目を果たしていた。

大祝家《おおほうりけ》は代々、この大三島《おおみしま》の大山祇神社《おおやまずみじんじゃ》の大祝職《おおほうりしょく》と、三島城《みしまじょう》の城主《じょうしゅ》とを、継《つ》いできた。父が神をまつり、子が城《しろ》を守るのだ。大祝職《おおほうりしょく》とは、一番上の位の神主《かんぬし》のことで、神のことばを人へ、人のことばを神へ、つたえ語るのを、生涯《しょうがい》のつとめとする。

このあたりの島々のひとびとはいうまでもないこと、瀬戸内《せとうち》の海を行きかう舟人たちもみな、ここ大三島《おおみしま》の神をば海の守り神とたより、三島大明神《みしまだいみょうじん》と呼《よ》んであがめた。

ひとびとのそうした祈《いの》りを一身にあずかった安用《やすもち》は、一年のほとんどを、妻《つま》や娘《むすめ》のいる今治《いまばり》の里の屋敷《やしき》をはなれて、大三島《おおみしま》の神殿《しんでん》にこもり、たえまない祈《いの》りに明け暮《く》れていた。

それだけに、ひさしぶりに屋敷《やしき》へかえってきた父の姿《すがた》を見るつるは、ただもううれしくてならぬ。何でもいい、何か父に喜んでもらえることが、したくてたまらない。その父に、さくらの飯《まま》をほめられたのだ。

つるは、浮《う》き立った。

「ねっ、とうさま。もう一ぱい、さくらの飯《まま》をめしあがれ。」

つるは、よいことを思いついたうれしさに、ちょんと手を打ち、くるりとふり返ると、赤い小《こ》袖《そで》のみじかいすそをけって、ぽいとぞうりを、ぬぎすてた。と、たちまち、白い小さいはだしが、しっとり朝の露《つゆ》にぬれたみどりのこけを踏《ふ》んで、はしりだす。

「おう、これこれ、つる。待ちなさい。はだしは、いかぬぞ。ぞうりを、おはき、つる。」

おどろいてたしなめる安用《やすもち》に、ふりむいたつるは、いたずらっぽく首《くび》をふる。

「とうさま。

つるは、はだしがだいすき。」

「ほう、それはまた、なぜじゃ。」

「はい、とうさま。

はだしは、足がかるくて、速《はよ》うはしれる。

それから…」

「うむ、それから。」

「ほんとは、足がひやこくて、きもちがいい。」

「はっはっはっ、なるほどのう。

だが、つるは、はだしになってはならぬ。」

「とうさま。

それは、なあぜ。」

くっきりしたつるのひとみが、みるみる大きく見ひらかれる。つるのきかん気が、始まる時の顔だ。

「とうさま。

里のこどもたちは、みんなはだしです。

つるだって、こどもだもの。

はだしでよいはずじゃ。」

「しかしな、つるは、大祝家《おおほうりけ》のりっぱなお姫《ひ》いさまじゃ。」

つるは、負けない。

「とうさまは、こどものとき、はだしにおなりでは、なかったの。」

「はっはっは、負けた、負けた。」

安用《やすもち》は、とうとう肩《かた》をゆすぶって、笑《わら》いだした。

「はっはっは。

つるの攻《せ》め問答《もんどう》には、とてもかなわぬわ。ま、よかろう、すきにしなさい。」

「はい、とうさま。」

やっとはだしのお許しがでて、満足《まんぞく》そうにうなずいたつるは、とんとんとび上がってはしゃぎながら、庭先へかけていく。

縁《えん》の下にぬぎすてられた、赤いはなおのかやで編《あ》んだ小さなぞうりに、目をやった安用《やすもち》は、何やらこみあげてくるおかしさといとしさに、もう一度、はっはっはっと、ひとり声をあげて笑《わら》った。

「たいそうたのしそうなお声が、きこえてまいりましたが…」

妻《つま》の妙林《みょうりん》が、まんじゅうをのせた皿《さら》に茶をそえて、安用《やすもち》のそばにすわった。

「大祝《おおほうり》さま、けさのご気分は、いかがですか。」

去年の冬のかぜをこじらせたのが、きっかけで、せきが止まらず、ただでさえやせぎみだった体《からだ》から、いよいよ肉が落ちていくこのごろの安用《やすもち》だ。若い時わずらった胸《むね》の病《やまい》が、またもどってきているのかもしれない。

「ああ、妙林《みょうりん》か。

この二日三日、具合《ぐあい》がよかったが、けさはとりわけこころよい。

つるは、まったくふしぎな子じゃのう。

あれと話していると、身も心もかるうなるわ。」

「ほんとに、つるはよい子でございますなあ。」

妙林《みょうりん》の細いひとえまぶたの目が、笑《わら》う。

「あれあれまあ。

つるは、はだしになんぞなって。

おお、おお、ひらひらと桜《さくら》の花びらが髪《かみ》にかかって、なんとあいらしいこと。

あのつるが、どんなにまあ美しい娘《むすめ》に育ってくれるかと思うと、まっこと、ただそれだけでも、生きているかいがございます。

この年になってから、こんなにもいとしい姫《ひめ》にめぐまれるとは、あたしどもは、しあわせものじゃのう、大祝様《おおほうりさま》。」

夫、安用《やすもち》のかたわらにすわった妙林《みょうりん》は、無心《むしん》に桜《さくら》の花びらをひろうつるを、目で追いながら、いかにもしあわせそうである。

「つるが、美しい娘《むすめ》に育つ日か。」

安用《やすもち》は、遠くを見るような目になり、低くつぶやいた。そして、そのおだやかな顔に、ふと苦しげないろが、走った。安用《やすもち》の心には一つ、忘《わす》れようにも忘《わす》れることのできないある記憶《きおく》が、きざまれている。それが、今ふたたびあざやかによみがえってきた。

安用《やすもち》は、目をとじて口をむすんだ。

(あれは、つるの生まれる夜明けだった。

わたしは、ほのぐらい神殿《しんでん》にこもり、天下安泰《てんかあんたい》を祈《いの》りつづけていた。

その時だった。

わたしのとじたまなこをつらぬいて、一すじの光が、きらめいた。

そして、わたしは、見た。

雷光《らいこう》に照らされて、竜神《りゅうじん》が舞《ま》うのを。一瞬《いっしゅん》、竜神《りゅうじん》はみごとな女神《めがみ》の姿《すがた》に変わり、やがて暗やみに消えた。

その朝、わたしはきいたのだ、つる誕生《たんじょう》の知らせを。

急いで屋敷《やしき》にもどったわたしは、しずかにねむる幼《おさな》いつるの顔を見て、おどろきとおそれに打たれた。つるの顔が、神殿《しんでん》で見た女神《めがみ》の面《おも》ざしそのままだったから。

ああ、あの竜神《りゅうじん》は、わたしにお告げなされたのじゃ。

つるのさだめは、竜神《りゅうじん》のもの、親のわたしらには、どうしようない神の力で、その行く末がきめられているのだと。)

安用《やすもち》はゆっくりと目をひらき、春の光の中のつるを、見た。

(あのむじゃきなあいらしいつる。

ああ、あの幼《おさな》いつるが美しい娘《むすめ》に育つ日までに、つるの身に何が起こるというのか。)

何も知らない妙林《みょうりん》のたのしげな声が、安用《やすもち》に話しかける。

「大祝《おおほうり》さま、ごらんなさいませ。

つるが、桜《さくら》の枝《えだ》で、ちょうを追っております。

あれあれ、ちょうちょが花びらか、花びらがちょうちょか。目が遠くなってしもうたのか、わたしにはしかとわからぬほどじゃ。

ほんにほんに、のどかなことでございますなあ、大祝《おおほうり》さま。」

妙林《みょうりん》は、ただうっとりと春の朝の明るい日ざしに、すわっている。

「いつぞやの、あの三島江《みしまえ》のたたかいなど、まっこと、うそのようでございます。」

安用《やすもち》は、答えなかった。

安用《やすもち》はひとり、いよいよ深いもの想《おも》いに、沈《しず》んでいく。

(いくさなどうそのようじゃといって、妙林《みょうりん》は、しあわせそうじゃ。

だが、今のこのささやかなしあわせも、いつまでのものか。

つるが生まれる前のあたりから、世は乱《みだ》れのきざしを、見せ始めた。きのうの友はきょうの敵《てき》となり、親兄弟《おやきょうだい》の間でさえ、裏切《うらぎ》り合《お》うてはばからぬ。

ひとびとは、力ばかりにあこがれて争《あらそ》いに走り、何を信じてよいのか、わからなくなっている。

しかも、この乱《みだ》れはまだ始まったばかり。

十年つづくか、五十年つづくか。

この乱《みだ》れの波は、いずれかならず、大三島《おおみしま》にもこの伊予《いよ》の屋敷《やしき》にも、押《お》しよせてこよう。そして、その波のしぶきは、つるの身にも、ふりかかるやもしれぬ。

ああ、どうしてやればよいのじゃ。

このわたしは。)

「大祝《おおほうり》さま。

もうし大祝《おおほうり》さま。どうなされました。」

妙林《みょうりん》の気づかわしげなことばに、安用《やすもち》はわれにかえり、目をひらく。胸《むね》の奥《おく》が、しめつけられるように苦しい。

「おお、これはなんとしようか。

お顔の色が青ざめて、冷汗《ひやあせ》がにじんでおられる。

だれぞ、だれぞ、きておくれ。」

「大きな声を出すでない、妙林《みょうりん》。」

首《くび》をふって、安用《やすもち》が妙林《みょうりん》を押《お》しとどめた。

「さわぎが始まれば、つるのせっかくの遊びが、たのしゅうなくなる。

わしは、こうして茶でも飲み、しずかにしておればよい。すぐ、なおる。」

「はい。

では、これで、ひたいの汗《あせ》でも、おぬぐいなさって。」

と、妙林《みょうりん》が渡《わた》した冷たい布で、汗《あせ》をふき取った安用《やすもち》は、まもなくもとのおだやかな顔にもどった。

「妙林《みょうりん》、どうした、そのように心配そうな目をして。わしならば、もう何ともない。」

「さようでございましょうかのう。ただいますぐ、お薬をせんじてまいりますから、ちとお待ち下さいませ。」

妙林《みょうりん》は、足早に奥《おく》の方へさがっていった。

海では、もう朝なぎの時が過《す》ぎたのか、少し風が出てきたようだ。花ざかりの桜《さくら》の古木から、しきりと花ふぶきが舞《ま》う。

「おお、ひらひら、ひらひら。ちょうじゃ。

ゆきじゃ。

もっと　ちれ。

もっと　ちれ。

花ふぶき。

花ふぶき。」

まるっこい腕《うで》を、赤い袖《そで》からいっぱいに空へ伸《の》ばして、舞《ま》い散《ち》る花びらとあそぶつるは、まだ何も知らない。

それは、室町時代《むろまちじだい》も末、今からざっと四百五十年ほど昔《むかし》、世がたたかいに明け暮《く》れる戦国時代《せんごくじだい》の幕《まく》がひらこうとする、春の朝であった。

みのむし

五月も末の、とあるひるさがり。

裏庭《うらにわ》の柿青葉《かきあおば》のかげで、乳母《うば》のかねを相手《あいて》にまりをついていたつるは、ふと手を止めて、耳をすました。

「かね。

だれかが、泣《な》いているようじゃ。」

遠くから、女童《おんなわらわ》のかんだかい泣《な》き声と、やんやとさわぐこどもたちのはやし声が、風にのって流れてくる。

「ほんにのう、しかたのない。」

かねも、耳をすまして、うなずいた。

「また、浜《はま》の子と里の子のけんかじゃ。

あれはね、お姫《ひ》いさま。

彦《ひこ》というて、浜《はま》の漁師《りょうし》のむすこですが、どえらいいたずらものがおりましてね、川をのぼってきては、里の子をいじめるのですよ。

けんかなど、いつものこと。

ささ、もうお気になさいますな。」

けれども、つるは、何を思ったのかまりをぽいとかねへ投げると、白麻《しろあさ》の小袖《こそで》をひるがえして、とととっと走りだした。

「あれ、お姫《ひ》いさま。

どこへ、行かれるおつもりじゃ。」

あわをくって呼《よ》び止めるかねの声など、つるの耳にははいらない。つるは、裏《うら》の門をくぐりでるとすぐ、こどもたちのさわぎ声があがる蒼社川《そうじゃがわ》のほとりへ向かって、どんどんかけていく。

「お姫《ひ》いさま。

あっ、ちょっと、お姫《ひ》いさま。

待ってくださいよう。」

かねが、ふとった肩《かた》をゆすぶり、息を切らして追いかける。つるは、かぶりをふる。

「かねは、こなくてもいい。

おかえり。」
そういってつるはそのまま、ゆるい坂になったひろい野原を、川の方へくだっていく。あげひばりがぴぴいと鳴いて空にのぼるまぶしいみどりの野に、つるのかろやかな夏衣《なつごろも》が、白いちょうのようにひらりひらりひらりと飛んでいった。

蒼社川《そうじやがわ》の長い土手には、松の並木《なみき》が海までつづいている。土手をおりると、こどものたけほどもあるあしがしげり、茂《しげ》みをかきわけてぬければ、白い砂原に出る。川には海のにおいの風が吹《ふ》き、たっぷりと流れる水が光る。
この海に近い川原《かわら》が、里の子と浜《はま》の子とのけんか場だ。
「やぁい、やぁい。
みの、みの、みのむし。
みのは、おなごか
むしころか
なが、おなじなら
なかよかろ」

まっくろに日焼けした袖《そで》なし姿《すがた》の男の子が、大声でどなる。どなっては、ほほのあかい細い目の女の子をひっとらえ、そのえりくびから、みのむしのたくさんついた木の枝《えだ》を、背中《せなか》につっこむ。

「はなしておくれぇ。」

女の子が、泣《な》きわめく。もうだいぶ泣《な》いたあとらしく、泣《な》き声ばかりで涙《なみだ》は出ない。

「みの、みの、みのむし。」

とりかこむ浜《はま》の子が、はやす。

「みのむしじゃないよぉ。」

もがきながら、女の子がさけぶ。

「むし、取ってくれよ、

はなしとくれよ。」

「わっはっはっ

むりじゃ、むりじゃ。」

浜《はま》の子たちは、いやがる女の子の髪《かみ》に砂《すな》をぶっかける。里の子たちも、負けてなるかと、浜《はま》の子たちへ砂《すな》をぶっつける。川原《かわら》いっぱいに、とっくみ合いの砂合戦《すながっせん》が、始まった。

「わぁあん、たすけておくれよぉ。」

女の子の悲鳴《ひめい》が、ひとしお高くなった時。

「彦《ひこ》。

その子を、はなしておやり。」

りんと張った声が、あしの茂《しげ》みから、ふいに飛びだした。そして、白小袖《しろこそで》のつるが、こどもたちの前に、すいとあらわれる。

「ひゃあ、おどかすない。」

彦《ひこ》と呼《よ》ばれた男の子が、すすり泣《な》いている女の子のえりくびをはなす。

「あっ、大祝《おおほうり》のお姫《ひ》いさま。」

里の子たちもみな、おどろいてけんかをやめた。

「彦《ひこ》、大きいくせに、そんな小さい女の子をいじめるなんて、男らしゅうもない。」

つるのくっきりと見ひらいた涼《すず》しいひとみにみつめられて、彦《ひこ》は手にもっていた枝《えだ》を投げた。

「ちぇっ、なんじゃや。」

彦《ひこ》は、腹《はら》がおさまらぬのか砂《すな》をけると、川に向かって、大声でうたいはじめた。

「ほうり　ほうり
おおほうり

てんまり　ほうっても
ほうりだぁい
　ほうり　ほうり」

びっくりしたこどもたちが、いっせいに彦《ひこ》をたしなめる。

「彦《ひこ》、お姫《ひ》いさまに、何をいうの。

大祝《おおほうり》のお姫《ひ》いさまじゃないか。」

「おやめ、彦《ひこ》、彦《ひこ》。」

けれども、つるは、明るい笑《わら》い声をあげて、彦《ひこ》に近づいた。

「ほっほっほっ。

おもしろいうたじゃなあ、彦《ひこ》。

姫《ひめ》にも、おしえておくれ。

さっ、彦《ひこ》、もう一度、うたっておくれ。」

彦《ひこ》の鼻《はな》さきへ、何となくよいにおいのするつるの髪《かみ》が、ゆれる。彦《ひこ》は首《くび》までまっかになり、まぶしそうに、目をしばたたく。

「さっ、彦《ひこ》、もう一度。」

彦《ひこ》は、すっかりまいってしまい、つるにぴょこんと頭をさげた。

つるは、ほがらかに笑《わら》いながらうなずく。

「ふっふっふ、よいわよいわ。」

息をのんで見守《みまも》っていた浜《はま》の子も里の子も、ほっとして声を合わせて笑《わら》った。

みのむしと呼《よ》ばれていた女の子も、上目づかいに、つるにおじぎをした。つるの目が、きらっといたずらっぽく光る。

「おまえの名を、あててみようか。

みのっていうのでしょ。

だから、み・の・む・し。」

「あっ、お姫《ひ》いさまも、みのをみのむしだとさ。」

彦《ひこ》のほほが、心からうれしそうに、くわっとくずれた。

いつのまにやら、つると彦《ひこ》とみのたち、浜《はま》や里のこどもたちはみな、すっかりうちとけていた。

「お姫《ひ》いさま、おれね、」

彦《ひこ》が、みのむしのついた枝《えだ》を、ひろい上げながらいう。

「おれ、ほんとは、はじめこのみのむしで、魚をつるつもりだったんじゃ。

ほれ、ね。こうして、みのから押《お》しだしたうじ虫を、糸で竹の先へむすんで。」

彦《ひこ》は、口先をとがらせていっしょうけんめいに竹の先に虫をつけ、それをつるにもたせる。

「お姫《ひ》いさま。こう手にもってのう。

それを、川にたらして。

そうそう。そうしていると、もうすぐ、魚がくいつきよるんじゃ。」

そばに寄《よ》ってきてじっと見ていたみのが、さっきの泣《な》き顔はどこへやら、うれしそうに手をたたく。

「それっ、くった。くった。」

ほかの子どもたちも、口ぐちにさけぶ。

「お姫《ひ》いさま。

ひいて。ひいて。」

つるは、足をふみしめてうなずく。

「ようし、ほれ。」

つるの持ちあげた小竹の先の糸には、銀色にきらめく小魚が一ぴき、五月のまぶしい光をけちらして、ぴんぴんおどっていた。

たいまつ

大三島《おおみしま》にある大山祇神社《おおやまずみじんじゃ》の秋まつりが終れば、もう十一月も残りわずかである。とり入れのすんだ田の上には、ひんやりつめたい青絹《あおぎぬ》のような空が、ぴんとはりつめる。やがて、はださむく吹《ふ》きはじめる西北の風に、うす雲が走りだすころ、海では、きのうよりきょう、きょうよりあしたと、夕舟の帰りが、早くなる。日の落ちる時が、だんだん早くなるからだ。

その夜、大祝屋敷《おおほうりやしき》には、久《ひさ》しぶりに、家族のものすべての顔が、そろった。大山祇神社《おおやまずみじんじゃ》の秋の大祭のつとめを終えた父、安用《やすもち》。三島城《みしまじょう》をあずかる若い城主《じょうしゅ》、長男の安舎《やすおき》。その兄をたすけて城《しろ》を守る十四才の弟、安房《やすふさ》。大三島《おおみしま》から立ちもどった男たちを迎《むか》えて、屋敷《やしき》には、いきいきとした活気がみなぎった。

いつもは、母や乳母《うば》や手伝《てつだ》いの女たちにかこまれて、ただしずかな日々の中に、おだやかにいつくしみ育てられているつる。そんなつるには、父や兄たちを迎《むか》えると、屋敷《やしき》が一度にはなやぎにぎわいだすのが、ふしぎでならない。

（ふしぎだなあ。男のひとたちがかえると、家の中が、明るうなる。）

屋敷中《やしきじゅう》に灯《ひ》がともり、台所からは香《こう》ばしいにおいが流れ、母はうつくしいきものにあらため、女たちの髪《かみ》を包む布さえ、目もさめるほど白くなる。

いちだんと灯《ひ》の明るい奥座敷《おくざしき》には、鯛《たい》のさしみ、あわびのすのもの、まつたけの吸《す》いもの、くりきんとん、きんかんの甘煮《あまに》など、さまざまなごちそうが並《なら》び、なみなみと酒をついださかずきが、光る。

ふっくりしたほほをあかくしたつるは、きらきら目をかがやかせて、父や兄のそばを離れようとはしない。

父、安用《やすもち》は、つるのふさふさと豊《ゆた》かな髪《かみ》を、なでた。

「つる、うれしそうじゃな。」

「はい、とうさま。とても。

でも、つるは、ふしぎでならない。」

「ほう、なにが、そんなにふしぎかな。」

「とうさまやにいさまたちは、たいまつみたいだから。」

つるの思いがけないことばに、よこから、兄の安舎《やすおき》が、口をはさむ。

「なになに、わたしらが、たいまつだと。」

下の兄の安房《やすふさ》も、おもしろがって、つるをうながす。

「そのわけは、えっ、つる。」

つるは、くっきり見ひらいたあいらしいひとみで、三人の男たちを、まじまじと見つめた。

「とうさまやにいさまたちが、帰られると、家中、ぱっと明るうなる。

だから、だから。

男のひとは、燃えている炎《ほのお》じゃ。

たいまつじゃ。」

にわかに、座敷《ざしき》いっぱい、笑《わら》いの渦《うず》がまきおこった。

「うっはっは。

男は、燃えている炎《ほのお》じゃとな。」

「たいまつじゃとな。」

「それはいい。」

「うっはっは。」

「はっはっは。」

あまり大声で笑《わら》うことのない父さえ、声をあげて笑《わら》う。まして、こだわらない気性《きしょう》の安舎《やすおき》や、元気いっぱいの安房《やすふさ》は、ひざをたたいて笑《わら》った。

母の妙林《みょうりん》が、柿《かき》や小みかんを山と盛《も》ったかごを持って、座敷《ざしき》へはいってきた。

「まあまあ、にぎやかで、うれしいこと。なにごとでございますか。」

「まあ、おきき、妙林《みょうりん》。」

と、安用《やすもち》が、にこやかにいう。

「このつるがのう。男は、燃えている炎《ほのお》じゃ、たいまつじゃと、こういうのだ。男たちが帰ると、家の中が、ぱっと明るくなるのだそうな。」

「ほんに、つるのいうとおりじゃ。女には、男ほどたのもしいものは、ありませぬゆえ。」

つるが、つと口をとがらせた。

「かあさま。かあさまには、このつるは、たのもしゅうはないの。」

母が、あわてて、手をふった。

「とんでもない。

つるが、一ばんたのもしい。」

ひとしきり、笑《わら》いがまた、座敷《ざしき》をゆすぶる。妙林《みょうりん》は、安用《やすもち》のとなりにすわり、しみじみといった。

「のう、大祝《おおほうり》さま。

あの三島江《みしまえ》のたたかいを思いだしますと、ぞっとおそろしゅうなります。

もしあの時、安舎《やすおき》が討《う》ち死《じ》になどしておったら、こんなにたのしい夜は、ありますまいもの。」

つるをひざに抱《だ》いていた安用《やすもち》の眉《まゆ》が、ふいにくもった。それに気づかぬ安舎《やすおき》の、明るい若々しい声が、母のことばを、いきおいよく笑《わら》いとばす。

「ご心配めさるな、母上さま。

なに、いかに周防《すおう》の国の大内家《おおうちけ》などが、このごろ力をつよめてきているとて、あんな成《な》り上がりものに、敗れるようなわが三島水軍《みしますいぐん》ではない。

あの時は、安舎《やすおき》が十七才の初陣《ういじん》だったが、今はもう三島城《みしまじょう》の城主《じょうしゅ》。

攻《せ》めることはあっても、負けることなんぞあろうはずがない。

兄の木剣《ぼっけん》が、弟の右腕《みぎうで》をしたたかに打った。打たれた弟の手から、にぎっていた木剣《ぼっけん》が、飛んだ。二つに折れた木剣《ぼっけん》は、冷たい朝の気を切って、空に返り、つるのいる縁《えん》の近くに、落ちた。

「あっ、つる。あぶない。」

父がさけんだ時には、つるはもう、白い夜着をひらめかせて、身をかわしていた。

「つる。そんなところに立っていては、あぶない。どこか打ちはしなかったか。」

気づかいながら近づいてきた父に、つるはいう。

「とうさまは、ずるい。」

つるのことばはいつも、安用《やすもち》をとまどわせる。思わず苦笑《くしょう》して、安用《やすもち》はたずねた。

「ほほう、わしがずるいとな。」

それはまた、なんとしたわけでじゃ。」

つるは、つづける。

「とうさまは、つるには、木刀《ぼくとう》も弓《ゆみ》もくださらぬ。つるばかり、のけものになさる。」

安用《やすもち》は、首をふった。

「それは、つる。

無理《むり》と申すものじゃ。

つるは、おなごじゃからのう。」

「おなごは、刀をもてませぬか。」

「いや、そうとは、かぎらぬが。

なんとしても、つるはまだおさない。」

「つるは、もう六つになりました。

ちっとも、おさなくはない。

にいさまたちのなさることならば、つるも。」

どこまでも食いさがってくるつるのひとみは、真剣《しんけん》であった。安用《やすもち》は、なぜかたじろいだ。かるいなだめのことばなど、ききいれそうにもないつるの顔。

(さては、昨夜《さくや》のわたしらの話が、つるの心になにかきびしいものを、あたえてしまったのか。あのような世のむずかしい話など、つるの耳に入れるべきではなかったかもしれぬ。したが、どうじゃ。つるぎを持ちたいというつるの目の強いかがやきは。あれは、ただの女《おんな》童《わらわ》の目ではない。

もしや、つるは、自らも気づかぬまま、おのれの行く手に待つさだめに、まっすぐ立ち向かおうとしているのではないか。）

夜着の中からじっと安用《やすもち》を見ているつるの顔と、あのつる誕生《たんじょう》の夜明け、神殿《しんでん》であおいだ女神《めがみ》の面《おも》ざしが、またも一つに重なっていく。

（つるに、つるぎを持たせるか、持たせぬか、わしのひとことが、つるの行く末を決めてしまうのかもしれない。）

安用《やすもち》は、つるの髪《かみ》に手をおいて、きっぱりといった。

「のう、つる。

そのことは、あすの朝までに、とくと考えておこう。

髪《かみ》の毛が、こんなにつめたくなっている。

さっ、つる。

もう、もどるのじゃ。」

「はい、とうさま。」

つるにも、父の答えのまじめさが、すっきりとつたわったらしい。すなおにうなずくと、ひたひたとかるい足音をたてて、奥《おく》の部屋《へや》へ消えた。

その夜もふけるころ。

父、安用《やすもち》はひとり、広間にまつってある神棚《かみだな》の灯《ひ》の前に、すわっていた。

(父としてのわたしは、あのつるに、決してつるぎなど、持たせたくはない。

もしも、つるが、つるぎをふるって敵《てき》に立ち向かう日があろうものならば、思うだけでも、この身は、おそろしさとかなしみにふるえる。

けれども、けれどもだ。

大三島《おおみしま》は、ただわれら一族だけで守らねばならぬ神の島。島を守るに、たれの力をたよることも、許されぬ。

とすれば、父や兄たちにもしものことがある時、つるは何としても島を守る矢面《やおもて》に立たねばならぬのだ。

大三島《おおみしま》の神を守りつづけてきた大祝《おおほうり》として、また瀬戸《せと》の海を守りつづけてきた三島城城主《みしまじょうじょうしゅ》としては、ああ、やはり、わしは、わが娘《むすめ》つるに、たたかいのすべをおしえねばなるまい。)

安用《やすもち》の心は、つるの持とうとするそのつるぎで切りさかれるような痛《いた》みとともに、決まった。

安用《やすもち》は、幾度《いくど》も幾度《いくど》も、床《ゆか》にひれ伏《ふ》して祈《いの》った。

(なにとぞ、やすらかな世に、しずまりますよう。

つるが、島を守るつとめに生きる日の、決して決しておとずれませぬよう。）

はるかに、冬の近い夜の海の潮《しお》さいが鳴る。

長い祈《いの》りから立ち上がった安用《やすもち》の、つかれきった体《からだ》に、つと息のできぬほどの、胸苦《むなぐる》しさが走った。


「とぉう。やあぁ。」

庭一面におりた白い初霜《はつしも》をけって、木剣《ぼっけん》をふるう、白だすきにみじかばかまのつる。

せいいっぱいの掛《か》け声が、朝焼けの空にひびく。

「えいっ。はっ。」

ある朝は、的場《まとば》に、きりきりと弓《ゆみ》をしぼるつるの、かん高い声が上がる。

そして、白い障子《しょうじ》に秋の日が明るいひるさがりには、奥座敷《おくざしき》の文机《ふみづくえ》で、書を習い、本を読むつるの、いとけない後ろ姿《すがた》があった。

このころから、安用《やすもち》は、兄たちにしたと同じように、つるへ、学問の手ほどきも、始めたのである。

正月が近くなり、あすはふたたび安用《やすもち》が大三島《おおみしま》の神社《じんじゃ》へもどるという夕方。

つるの母、妙林《みょうりん》は、もう心をおさえきれぬといったふうに、安用《やすもち》の部屋《へや》の戸をあけた。

「大祝《おおほうり》さま。

ちと、おじゃましても、よろしゅうございますか。」

「かまわぬ。」

妙林《みょうりん》は、安用《やすもち》ににじり寄った。

「神社《じんじゃ》へおもどりになる前に、ぜひうかがっておきたいことが、ございます。」

安用《やすもち》は、妙林《みょうりん》のつぎのことばを待たず、いった。

「つるのことであろうが。」

「はい。

大祝《おおほうり》さまのなさりようでは、つるは、男の子のように、なってしまいます。

大祝《おおほうり》さまは、あのつるを、武士《もののふ》に、なさりたいのか。

ことが起これば、命をつるぎにかえねばならぬものに、妙林《みょうりん》はしとうない。

この妙林《みょうりん》は、つるを美しい娘《むすめ》、しあわせな女に育てたいと祈《いの》って、きょうまで育ててまいりました。

どうか大祝《おおほうり》さま。

つるには、つるぎの、弓《ゆみ》の、学問のなどということ、きっぱりやめさせて下さいませ。」

うったえる妙林《みょうりん》の声が、だんだんうわずっていくのを、安用《やすもち》は、無理《むり》からぬことと、あわれに思った。安用《やすもち》は、妻《つま》の心の内のさわぎがおさまるのを、しばらくじっと待った。

やがて、低い声に力をこめていった。

「妙林《みょうりん》。

つるには、つるの生き方、さだめ、というものがある。

たとえ、親だとて、それに逆《さか》らうことはできぬのじゃ。」

妙林《みょうりん》は、問いつめるように返す。

「おっしゃることがよくわかりません。して、そのつるのさだめとは。」

しかし、安用《やすもち》はそれなり、もうひとこともいわず、うれいの影《かげ》の深い眉《まゆ》で、妙林《みょうりん》の目をじっと見返すだけである。

長い間、安用《やすもち》につれそってきた妙林《みょうりん》は、身をふるわせて悟《さと》った。

(ああ、この夫の目は、何か行く末のただならぬけはいを、知っておいでになる。)

つるの父と母との間には、ことばにならぬ不安とかなしみが、行きかった。二人はだまって立ち上がり、神棚《かみだな》に灯明《とうみょう》をあげ、つるの行く末に神の守りのつづくことを、祈《いの》るばかりであった。

まつりの章

晴《はれ》着《ぎ》

早咲《はやざ》きの小みかんの花が、風ににおう四月もなかば近く、はるばると京の都から、つるの晴着《はれぎ》が、とどいた。もう二年も前の秋、母の妙林《みょうりん》が、七つの春のまつりを迎《むか》えるつるのために、とくべつ美しい晴着《はれぎ》をと、遠い京《きょう》の織《お》りもの屋に、わざわざあつらえておいたものだ。

その晴着《はれぎ》が、春の日ざしがいっぱいにさしこむ座敷《ざしき》一面に、はなやかにひろげられる。

「これはまあ、花園《はなぞの》のようでございますのう。」

乳母《うば》のかねは、自分の晴着《はれぎ》でもとどいたように、うきうきという。

すその方からだんだんとうすくれないをあけぼの色にぼかし、つるの名によせて、白い鶴《つる》を三羽、白と金銀の糸で縫《ぬ》い取った小袖《こそで》。

その下に重ねてきる、白と萌黄《もえぎ》と赤の絹小袖《きぬこそで》。帯は、綾錦《あやにしき》。

そして、打《う》ち掛《か》けは、目にしみるばかりの緋色《ひいろ》の緞子《どんす》。はっきりした気性《きしょう》のつるに、緋色《ひいろ》は、ことのほかよく似合《にあ》うはずだ。

「よう、染《そ》まりましたな。」

妙林《みょうりん》も、目を細めて、きげんがよい。

「この打《う》ち掛《か》けのあかい色はのう、邪鬼《じゃき》を遠ざけて福《ふく》を呼《よ》ぶ、めでたい色。この母のふかい祈《いの》りをこめて、染《そ》めさせたのじゃ、つる。」

ところが、つるは、あっさりいってのけた。

「ふっふっふっ。このみごとなきものは、だれのものじゃ。乙姫《おとひめ》さまのものか。」

あまりに美しすぎる晴着《はれぎ》は、つるにはどうも、ひとのもののようにしか思われぬ。

「まつりの日は、つるは乙姫《おとひめ》さまになるのか。そうじゃ。大三島《おおみしま》のお社《やしろ》は、海のまんなかにあるから、やっぱり竜宮城《りゅうぐうじょう》じゃ。」

「まあ、お姫《ひ》いさまは、なんということを。」

妙林《みょうりん》の心づくしへのとりなし顔に、あわててつるをたしなめる乳母《うば》のかね。

だが、いっこうにつるはかまわない。

「でもね、かね。

あの竜宮城《りゅうぐうじょう》には、浦島太郎《うらしまたろう》がおらぬゆえ、つまらぬ、つまらぬ。」

「まあほんに、ほんに、お姫《ひ》いさまは。

おもしろいことばかり、おっしゃって。」

「おっほっほっほ。」

「ほっほっほっほ。」

思わず妙林《みょうりん》もかねも、笑《わら》いだしてしまう。

とはいえ、つるにも美しいものはたのしい。ひょいと手を出して、小袖《こそで》にさわろうとしたつるを、母はきっとなって止めた。

「ならぬ、つる。

まだ、晴着《はれぎ》に、そなたの手をふれては、ならぬ。

香《こう》をたきこめ、神前《しんぜん》にささげておき、まつりの朝、はじめて身につけるのじゃ。

そうすれば、明神《みょうじん》さまのお守りで、つるは一生しあわせなおなごになれる。」

まつりの近づいた屋敷《やしき》のうちは、何やらはなやいで、みなうかれている。

台所からは、下働《したばたら》きの女たちのどっと笑《わら》いさざめく声が、奥《おく》の座敷《ざしき》にまで、流れてくる。妙林《みょうりん》はと見れば、かねを相手《あいて》に、まつりの日の晴着《はれぎ》の話で、夢中《むちゅう》だ。

つるは、そっと奥《おく》の間をぬけだして、台所の入口に立った。

台所では、女たちが、京から晴着《はれぎ》をはこんできた男に、酒をのませて、ねぎらっている。男は、酔《よ》いのまわった大声で、何やらしきりにしゃべっているところだ。

柱のかげで、つるはきき耳をたてた。

「みやこじゃちかごろ、けったいなことが、はやっておるんや。」

「へえ、そりゃどんなことじゃ。」

「どんなことじゃ。」

女たちは、男をとりまいて、話をうながす。

「ここらのまつりはどうかしらんが、みやこじゃのう。」

「ふん、ふん。」

「寺のまつりが始まると、寺のひろばに、若《わか》い男衆《おとこしゅう》がどんと集まって、女もんのあかい小袖《こそで》を着ての。ひょらひょら、ひょらひょら、こうおどりよる。もう、そりゃ、えらいさわぎや。」

「へえ、男衆《おとこしゅう》が、女の小袖《こそで》を着てかえ。」

目を丸《まる》くする女たち。

「なんの、小袖《こそで》を着よるばかりか、紅《べに》までさすわ。」

「あれ、男がまあ、紅《べに》を。」

「たまげた、たまげた、はっはっはっ。」

女たちはさもたのしそうに笑《わら》い合う。

「そうや、そうや。

そうして、朝から晩《ばん》まで、また、晩《ばん》から朝まで、何日も何日も、ただもう歌ったり踊《おど》ったりや。

みななんやこう狂《くる》ってみたいんやな。うん、こんなうたがはやっとるで。」

男が、身ぶり手ぶりもおかしく歌いはじめた。

「世の中は
　ちろりに過《す》ぎる
　ちろり　ちろり」

男のうたのふしまわしのおもしろさに、女たちはまたどっと笑《わら》い、いっしょにうたう。

「世の中は
　ちろりに過《す》ぎる
　ちろり　ちろり」

つるもつられて、笑《わら》いだした。

「ふっふっふ。

みやこは、おかしいのう。」

女たちは、おどろいてとび上がった。

「あっ、お姫《ひ》いさま。

こんなところへ、いらしてはなりませぬ。

なりませぬ。」

女たちのかしらが、つるの手をとり、あわてて台所からつれだす。のこった女たちも、急に声《こわ》音《ね》をひきしめて、男をせきたてた。

「さあ、そちのひとも、そろそろ腰《こし》をあげなさらんと、乗り合い舟《ぶね》が、なくなりますぞ。」


四月二十二日。

大三島《おおみしま》、大山祇神社《おおやまずみじんじゃ》の春まつりが、始まる朝。

つるは、まだ明けの明星《みょうじょう》が空にのこるころ、床《とこ》を離《はな》れた。まあたらしい思いで、胸《むね》がときめく。

つるのくちびるは、きっと結ばれていた。

あけぼののほのかな光の中で、髪《かみ》を洗《あら》い身を清めたつるは、奥《おく》の間の鏡の中に立った。母の妙林《みょうりん》と乳母《うば》のかねの手が、つるのつややかな髪《かみ》を、ていねいにくしけずる。眉《まゆ》がしらとくちびるに、うっすらと紅《べに》をさす。

それから、重《かさ》ね小袖《こそで》をつけ、白いつるの飛ぶ小袖《こそで》に綾錦《あやにしき》の帯を前結びにし、黒髪《くろかみ》の上から、緋《ひ》色《いろ》の打《う》ち掛《か》けを、ふわりとはおらせた。ほのぼのとした香《こう》のにおいが、つるをつつむ。白い障子《しょうじ》を明るくそめて、朝日がさしこみ、打《う》ち掛《か》けの燃えるばかりの緋色《ひいろ》が、つるのふくよかなほほに映《は》える。

つるは、ものもいわず、鏡を見つめていた。鏡の中には、気品《きひん》高く美しい一人の少女が、目もあやにかがやいている。その少女が、しずかにつるの心にしのび入る。

人の心とは、ふしぎなものだ。

つるぎや弓《ゆみ》を持てば、勇ましい男の子のような心になる。美しいきものをまとえば、美しい女の子の心になる。それが、おなじ一人の中にある心なのだ。

つるの心にも、そのふしぎがあった。

つるは、鏡の中の少女と母に向かってほほえんだ。

「おお、なんと美しいこと。

あいらしいこと。」

つるの母妙林《みょうりん》は、二、三歩しりぞいて、つくづくつるをうちながめ、さも満足《まんぞく》げに目を細めた。

「これでよい、これでよい。

これが、まことのつるじゃ、姫《ひめ》じゃ。」

大祝屋敷《おおほうりやしき》のいかめしい本門《ほんもん》が、大きくひらかれた。里や浜《はま》の男たち女たち子どもたちが、門の両がわに長い人垣《ひとがき》をつくって、集まっている。

「あっ、つる姫《ひめ》さまじゃあ。」

いっせいにさけぶこどもたち。

「おぉう。」

ひとびとのどよめきが、あがる。

「まぶしいようじゃ。」

と、手を合わせておがむ老婆《ろうば》。

「あれまあ、お美しいお姫《ひ》いさまじゃ。」

と、うっとりする女たち。

「どら、わしにも姫《ひめ》さまを、おがませてくれろ。」

と、人垣《ひとがき》のうしろから、伸《の》び上がる男。

手をついて頭をさげることさえ忘れ、口ぐちにほめたたえる人の波の中を、つるは、まっすぐに背《せ》を伸《の》ばし、ゆっくりとあゆむ。

白いふっくらした手で、黒髪《くろかみ》の上にかざした緋色《ひいろ》の打《う》ち掛《か》けが、ひとあしごとにひらりとひらめき、金銀綾錦《きんぎんあやにしき》の帯も、きらりときらめく。

しずしずと、黒塗《くろぬ》りの輿《こし》へ向かうつるの姿《すがた》には、生まれながらの気品《きひん》が、かがやいていた。輿《こし》に乗るまぎわ、姫《ひめ》のあまりにみごとな美しさに、声をのみ目を丸《まる》くしている彦《ひこ》やみのたちこどもの群《む》れをふり返り、つるは、花のゆれるような笑《え》みを送った。

大祝屋敷《おおほうりやしき》から、今治《いまばり》の港までの一里半。

黒塗《くろぬ》りのつるの輿《こし》を守った行列《ぎょうれつ》は、あげひばりのさえずる春の野道を、朝風にゆれて、のどかにすすんでいった。

まつり

ぎいこ、ぎいこ。

「ようほい、ようほい。」

遠く近くの島々からくりだした大船小船のかじ音が、まつりの大三島《おおみしま》めざして、瀬戸内《せとうち》の海に、こだまする。

さざ波がゆれ、海はきらめく。どこまでもほがらかに澄《す》みわたった瀬戸内《せとうち》の海を行く舟は、みな、紅白《こうはく》のまんまくをかざり、「大三島大明神《おおみしまだいみょうじん》」と書いたのぼりを、はためかす。

「ほうれ、あれが明神《みょうじん》さまの大鳥居《おおとりい》じゃ。」

もえるばかりのみどりを白い砂浜《すなはま》にふちどられた大三島《おおみしま》の、こんもり小高い森を背《せ》に立つ、白《しろ》木《き》づくりの大鳥居《おおとりい》。そのこうごうしい白さが、まつりに胸《むね》おどらせる舟人たちの目に、ひときわ清らかにかがやく。

岸にせまった楠《くす》の若葉《わかば》が、みどりの影《かげ》をおとす美しい入江《いりえ》、宮浦《みやうら》の港につけば、これはまあ、なんというにぎやかさ。まつりにつめかけた何十隻《なんじっせき》もの大船小船のまんまくが、ひろい入江《いりえ》いっぱいに、いろとりどりの陽気な花を咲《さ》かせている。

まんまくの下では、祈《いの》りをすませた舟人たちの、いつ終るともないまひるの宴《うたげ》が、やんややんやと、盛《さか》んなことだ。赤銅《しゃくどう》色のはだかの男、白い布で髪《かみ》をつつみ赤んぼを抱《だ》いた女、晴着《はれぎ》小袖《こそで》の娘《むすめ》やそれをひやかす若もの、歯のかけた老婆《ろうば》や、はげを光らせた老人たちが、みんなして、舟底にごちそうをひろげ、酒をくみかわす。舟のゆれるのもかまわず、歌う。踊《おど》る。手を打つ。笑《わら》う。ほほをまっかにした童《わらべ》たちは、串《くし》だんごを手に、あの舟からこの舟へと、身がるにとびあるいて、ふざけころげる。

舟着《ふなつ》き場《ば》も、舟からおりて神社《じんじゃ》へ向かうもの、祈《いの》りをすませて舟へもどるもので、たいそうなにぎわいだ。その舟着き場のまん中に、朱塗《しゅぬ》りのりっぱな舟が、紅白《こうはく》によったともづなで、つながれていた。つるたちの舟である。

ついさきほど、島についたばかりのつるたちの行列は、入江《いりえ》正面の大鳥居《おおとりい》をくぐり、大山祇神《おおやまずみじん》社《じゃ》への長い参道《さんどう》を、いかめしくもはなやかにすすんでいく。

「大祝《おおほうり》さまのお姫《ひ》いさまが、お通りじゃ。」

「はれまあ、なんとお美しいお姫《ひ》いさま。」

参道《さんどう》の両がわに腰《こし》をかがめて、つるの行列を迎《むか》えるひとびとは、口ぐちにつるをほめたたえる。

小みかんの花と楠《くす》の若葉と海のかおりがにおうそよ風に、あけぼの色の小袖《こそで》と緋色緞子《ひいろどんす》の打《う》ち掛《か》けをひらめかせるつるの姿《すがた》は、さながら島に舞《ま》いおりたあどけない天女《てんにょ》であった。

夕月がにおやかな空にのぼるころ。

大楠《おおくす》の森ふかくしずまる神殿《しんでん》では、おごそかな祈《いの》りが、始まった。

神殿《しんでん》の床《ゆか》に、母と並《なら》んですわったつるは、大きく目を見張って、かがり火に照らしだされた大《おお》祝職《ほうりしょく》、安用《やすもち》の、うやうやしい立ち居ふるまいに、じっと見入っている。

（あれが、あのおやさしいとうさまと、同じ方だろうか。）

紫緞子《むらさきどんす》に金の糸でからくさ模様《もよう》を刺《さ》したはかま、黒のひたたれ、黒えぼしをつけた大祝安用《おおほうりやすもち》のささげる祝詞《のりと》は、はるかな海の底からひびくように高く低くこだまし、しずまり返った森の奥《おく》へ消えていく。高い鼻すじの影《かげ》が、くろぐろとほほにきざまれた安用《やすもち》の、あまりにもきびしく研《と》ぎ澄《す》まされた面《おも》ざしは、つるが知っている、あのやさしい父のものではなかった。

それは、ただひたすらに、神への祈《いの》りという、おのれのさだめに打ち込《こ》む人の、近寄りがたいほどの真剣《しんけん》な姿《すがた》であった。安用《やすもち》の祈《いの》りの耳は、まだひとびとの心にはきこえぬ、遠い行く末の声

をきかねばならぬ。それだけに安用《やすもち》は、祈《いの》りには、あるかぎりの魂《たましい》の力を、そそぐのだ。つるの知っている父の姿《すがた》は、このきびしいつとめからしばし解《と》き放《はな》たれてくつろいでいる時のものだけだった。

つるの心は、大きな驚《おどろ》きに、打たれた。

この世の中にある、まことの姿《すがた》の思いがけなさを、身近な父に見たからである。

（つるは、知らなかった。

あのようにきびしいとうさまのお姿《すがた》なんて。

まるで、見たこともない遠い国の方みたいじゃ。

つるは、こわい。

この世は、つるの知らぬことで、いっぱいなのかもしれぬ。

ああ、つるはおそろしい。）

なぜかわからぬはげしいおそれに、つるの小さい胸《むね》のふるえは、とまらない。

やがて、ずらりと並《なら》んだ楽人《がくじん》たちの影《かげ》がゆらぎ、ひめやかに笙《しょう》の笛《ふえ》が鳴りだした。小暗《おぐら》い神殿《しんでん》にともるほのかな光の中に、巫子《みこ》たちの舞《ま》う紅白《こうはく》のもすそが、なびく。

つるはいつしか、夢《ゆめ》を見てでもいるような気分に、おちいっていった。それから、つるが、おぼえているのは、しきりにつるを呼《よ》ぶ母の遠い声だけであった。

「つる、どうしたのじゃ。

つる。

つる。

つる。」


その夜、つるは、高い熱を出した。

かねが、冷たい水でしめした布を、つるのひたいに置きながらいう。

「お姫《ひ》いさまは、おつかれになられましたのじゃ。

ものごころおつきになってから、はじめての舟たびやにぎやかなおまつりで。」

母の妙林《みょうりん》も、そっとうなずく。

「気の勝《まさ》ったこどもは、かえって時折《ときおり》こんな熱を出すものじゃ。

あすの朝がくれば、じきよくなるであろう。のう、つる。」

妙林《みょうりん》は、つるの、熱にほてったあかいほほに落ちる長いまつげの影《かげ》を、いとしそうにながめた。

そして、低く笑《わら》いだした。

「ほっほっほ。

かしこいようでも、つるはまだ、ねんねじゃのう。」


夜明けがた。

つるはひとり、かすみに曇《くも》るうすら明りの神殿《しんでん》に、立っていた。

と、にわかに雷光《らいこう》がとどろき、ひとすじのまぶしい光に照らされて、竜神《りゅうじん》が舞《ま》いくだる。

「ああっ。」

つるは、さけぶ。

ふたたびきらめく雷光《らいこう》に、竜神《りゅうじん》のうろこが、金銀のよろいに変わった。

「おお、竜神《りゅうじん》が、よろいを。」

それは、つるがひるましのびこんだ宝物倉《ほうもつぐら》で見た、きらびやかなよろいに似《に》ていた。

三度目のいなずまが、おそろしい雷鳴《らいめい》とともに、神殿《しんでん》にかがやいた時。

あやしい竜神《りゅうじん》の面《おもて》は、たちまち、美しい女神《めがみ》のほほえみを浮《う》かべ、ふいに、つるを抱《だ》き上げた。

「あっ。」

しっかり目をとじるつる。

「ああ　飛ぶ。飛ぶ。

どこへ　どこへ。」

つるは、暗い夜をつきぬけて、身が浮《う》かぶのを感じる。そして、いつか、竜《りゅう》の女神《めがみ》と化身《けしん》したつるが、明るく果てしない大海原《おおうなばら》の空高く消え去るのを、つるはまなこの奥《おく》に見送った。

なつかしい香《こう》のかおりに、目をあけると、母妙林《みょうりん》のやわらかな手が、しずかにつるのひたいをなでていた。

「おお、かね、つるが気がついたようじゃ。よかった、よかった。

つる、つる。

目が、さめましたのう。

気分は、どうじゃ。

ゆうべは、だいぶ苦しげであったが、何かおそろしい夢《ゆめ》でも、みたのか。」

いつもとかわりない母の、やさしい顔と声は、つるの心を、やすらかにする。

「はい、かあさま。

とても、ふしぎな。」

くろわし

さすがは、あたたかい瀬戸内《せとうち》の島だ。まつりが終って、二日三日すぎると、もう初夏の日ざしとなる。

あんなににぎわった神社《じんじゃ》の境内《けいだい》も、今はまた、ひっそりとしずまり返った。そして、つるがただひとり、たわむれ走る足音が、ひたひたとひびくばかり。

ひろい境内《けいだい》には、萌黄色《もえぎいろ》のつるの小袖《こそで》が、大楠《おおくす》の若葉の影《かげ》にあおくそまったり、日の光に黄色い花のように浮《う》かびでたりしている。

大楠《おおくす》の横にある放生池《ほうじょういけ》のほとりにくると、つるは、足をとめた。

「あれ、白さぎがいる。」

池のまんなかには、白さぎが一羽、片足できょとんと立っている。

つるは、ひょいと片足をまげると、一本足で立ちながら、白さぎにいう。

「それ、そこの白さぎ。

つると、どちらが長く立っていられるか、くらべてみよう。」

その時、つるの後ろで、男らしい笑《わら》い声がした。

「はっはっはっは。

さぎが、つるのともだちとは。」

ふりむけば、三島城城主《みしまじょうじょうしゅ》の安舎《やすおき》の笑顔《えがお》があった。

「まつりも終って、たいくつそうじゃのう。

どうじゃ、つる。

きょうはひとつ、三島城《みしまじょう》へつれていってやろうか。」

つるのひとみが、うれしさでぱっとかがやく。

「はい、にいさま。ぜひとも。」

正直《しょうじき》のところ、そろそろたいくつの虫に、足の裏《うら》を、くすぐられていたところだ。

「うむ。

よし、では、決まった。

さあ、早くしたくしておいで。」

飛び立つ鳥のように、風を切って駆《か》けていくつるの、背《せ》に少しかかるほど伸《の》びた髪《かみ》が、つややかであった。

三島城《みしまじょう》は、大三島《おおみしま》の南西、三島江《みしまえ》の海をのぞむ小高い丘の上にある。大山祇神社《おおやまずみじんじゃ》を背《せ》にかばって立つ、海の守り城《じろ》だ。安舎《やすおき》を城主《じょうしゅ》として、弟安房《やすふさ》を副将《ふくしょう》に、五十人ほどの海つわものたちが、ともに暮《く》らしている。

つるは、安舎《やすおき》のあとについて、神社《じんじゃ》からおよそ一里の道を、歩いた。

やがて、つるが、はずんだ声をあげる。

「ああ、お城《しろ》じゃ。」

がっちりと大岩を組み、泥《どろ》で塗《ぬ》り固めた石垣《いしがき》の、白いすきのない造《つく》りの城《しろ》が、大楠《おおくす》のみどり濃《こ》い丘《おか》の上から、海をにらんで、どっしりかまえている。

城門《じょうもん》をくぐると、一足先に城《しろ》へもどっていた安房《やすふさ》が、迎《むか》えに出てきた。

「よう、姫《ひめ》。よくたずねてくれたのう。して、具合《ぐあい》はもうよいのか。」

生まれて初めて、城《しろ》というものの門をはいったときめきに、つるは気を張りつめ、ほほをあかくして答えた。

「はい。ありがとうぞんじます。」

「はっはっはっは。

つる、そんなすました顔をするなよ。」

かわいい小鼻にぽちりと汗《あせ》のつぶをおいた、大まじめなつるの顔を見て、安房《やすふさ》は、声たかだかと笑《わら》う。赤銅色《しゃくどういろ》に潮焼《しおや》けした安房《やすふさ》は、いかにも海つわものの将《しょう》らしく、ざっくばらんだ。安房《やすふさ》のことばにつられて、つるもにっこりほほをくずし、いつものつるにもどった。何しろ、何ごとも知りたくてならないつるのこと、さっそくたずね始める。

「のう、安房《やすふさ》にいさま。

にいさま方は、このお城《しろ》で、どんなふうにお暮《く》らしなのじゃ。」

「なるほど、城《しろ》の暮《く》らしか。

ほれ、あれを見るがいい。」

安房《やすふさ》の指さす崖下《がけした》の的場《まとば》では、若い海つわものたちが、もろはだ脱《ぬ》いだ背中《せなか》を汗《あせ》で光らせながら、いっしょうけんめい弓《ゆみ》を引いている。

「海を守るたたかいに、弓《ゆみ》はかかせぬものゆえ、少しの時も惜《お》しんで、わざをみがくわけじゃ。」

「のう、にいさま。」

つるの目に、みるみるきかん気の光が、みなぎった。

「おう、なんじゃ、つる。」

「つるも、弓《ゆみ》を射《い》たい。」

「え、つるが弓《ゆみ》を射《い》たいとな。

はっはっは、こりゃあ、おどろいた。

弓《ゆみ》は、むずかしいものじゃ。

矢のかわりに、つるがとんでしまうぞ。」

けれども、つるはきっぱりといい切った。

「いいえ、できますとも。」

「これは、おもしろい。

のう安房《やすふさ》、つるに弓《ゆみ》を引かせてみようではないか。」

兄のことばに、弟はうなずく。

「ところで、つるに合うつくりの弓《ゆみ》が、あったかのう。

おお、そうじゃ、明成《あきなり》を呼《よ》ぼう。

おうい。明成《あきなり》、明成《あきなり》。

弓《ゆみ》を取って、ここへ。」

潮風《しおかぜ》にきたえられた安房《やすふさ》の声は、大きく城《しろ》へ鳴りひびいた。

「明成《あきなり》って、だれじゃ。」

と、つるが、問う。

「明成《あきなり》はのう、井《い》ノ口《くち》にある小海城《こうみじょう》の城主《じょうしゅ》の末むすこ。年はたしか、つるより二つ上で、九つのはず。」

「つるより二つ年上か。」

自分とたいして年のちがわぬ少年ときいて、つるの心がそそられる。

「して、明成《あきなり》というそのもの、弓《ゆみ》はうまいのか、にいさま。」

「ああ、うまいとも。

弓《ゆみ》ばかりじゃない。

早舟をあやつるのも一人前、泳ぎも達者《たっしゃ》。

剣《けん》のうでも、めきめき上がっておる。

なかなか、たのもしいやつじゃ。」

兄のつづきを、弟がいう。

「明成《あきなり》のやつ、よう日に焼けてまっくろな顔に、目ばかりきらきら光らせておるゆえ、ここじゃ、くろわしと、あだ名されている。」

「ふっふっふ。

ずいぶん、勇ましいあだ名。」

つるは、思わず吹《ふ》きだした。


楠《くす》の若葉の向こうに、初夏の海がまぶしい的場《まとば》である。

きりりと口をむすんだ浅黒《あさぐろ》い少年が、弓《ゆみ》をかかえて走りこんできた。

「殿《との》。お呼《よ》びですか。」

「おお、明成《あきなり》。

これへ、これへ。」

安舎《やすおき》が、少年を、手まねく。

「つる。

そちらが、明成《あきなり》じゃ。

さあ。明成《あきなり》も近《ちこ》う。

こちらが、われらが妹、つる姫《ひめ》。」

つるは、一足すすみでると、かるく会釈《えしゃく》する。萌黄《もえぎ》色《いろ》の小袖《こそで》が、ひらめく。

「つるじゃ、よろしゅう。」

弓矢《ゆみや》をかたわらに置き、片ひざついた明成《あきなり》のひきしまったほほが、ぱっとあかくなる。男ばかりの城暮《しろぐ》らしの中に、ふいにあらわれた萌黄《もえぎ》色《いろ》の少女が、明成《あきなり》には、まぶしかった。しかし、明成《あきなり》は、腰《こし》にさした刀のつかを、しっかりにぎりしめ、礼儀《れいぎ》正しく一礼した。

「明成《あきなり》でございます。」

「ようし、あいさつは、そのくらいで。」

と、城主《じょうしゅ》、安舎《やすおき》は、二人を、見くらべる。

「つる、明成《あきなり》。

その弓《ゆみ》をもって、二人で、わざを競《きそ》うてみい。」

「えっ、つる姫《ひめ》とですか。」

きっと濃《こ》い眉《まゆ》をあげた明成《あきなり》は、まっすぐにつるを、ふりあおぐ。くろわしとあだ名されるにふさわしい、するどい目だ。

つるは、ぐいとくちびるをむすび、くっきり見ひらいた目に、明成《あきなり》のまなざしを、はっしと受け止めた。まだあどけないつるの立ち姿《すがた》に、一歩もゆずらぬ誇《ほこ》り高さが、ほとばしる。

（なに、負けるものか。）

二人は同時に、だまってさけんだ。

二人には、互《たが》いのその心の声が、なぜかきこえた。おなじことを、思わずいっしょにいってしまったおかしさ。二人は、目を見合わせたまま、くっとのどの奥《おく》で鳴った笑《わら》いを、ごくんとのみこむ。

明るく光る風が、二人の間を、走った。

「はっはっはっは。

なんだなんだ、二人とも。

いつまで、にらみ合《お》うておる。」

兄たちは、負けん気いっぱいの二人のこどもの顔に、肩《かた》をゆすって笑《わら》う。

けれども、二人にとっては、笑《わら》いごとではすまされぬ。それぞれ、その誇《ほこ》りにかけて、決して負けられない。

白いはちまきできりりとひたいをしばり、手早くたすきをかけたつる。さっと片《かた》はだをぬいで、日焼けした肩《かた》をいからせる明成《あきなり》。二人は、的《まと》に向かって立った。

安舎《やすおき》が、声をかける。

「的《まと》は、五間《けん》じゃ。矢は十本。

姫《ひめ》、明成《あきなり》。用意はよいな。」

「はい。」

答える二人の声が、そろう。

「では、姫《ひめ》から先に。」

安舎《やすおき》にうながされて、つるは弓《ゆみ》をとった。

しっかりと胸《むね》をはり、きりきりと弓《ゆみ》をしぼるつる。

「えいっ。」

つるは、つづけさまに十本の矢を射《い》た。

そして、四本がみごとに的《まと》の中心を、射抜《いぬ》いた。これは、とても七つの少女のわざではない。

兄たちは、思わずうなった。

「うむ、みごとじゃ。」

城主《じょうしゅ》の後ろに集まり、この奇妙《きみょう》な勝負の成り行きを、おもしろそうに見ていたつわものたちも、目を丸《まる》くする。

「へえ、たいした姫《ひ》いさまじゃ。」

次は、明成《あきなり》の番だ。

弓《ゆみ》をつかんだ明成《あきなり》は、位置につくと、的《まと》をみすえて、呼吸《こきゅう》をととのえた。

「えいっ。」

高く後ろにしばり上げた髪《かみ》が、さっとゆれる。たちまち、五本の矢が、的《まと》を射《い》た。

「ようし、勝負なし。」

おやっと意外そうにふりかえる明成《あきなり》に、安舎《やすおき》は、つづけた。

「二つ年上で、ただ一本しか、差がないのは、勝ちとはいえぬ。

この勝負は、引き分けじゃ。

明成《あきなり》、さすがのくろわしにも、とんでもない敵《てき》がおったなあ。

しかも、それが、つるとはのう。

わっはっはっはっ。」

若い城主《じょうしゅ》をいただく三島城《みしまじょう》は、何につけても、さばさばとおおらかだ。城主《じょうしゅ》をとりかこんだつわものたちも、白い歯をむきだしに、声を合わせて笑《わら》う。

「はっはっはっ。

いや、みごとな試合でした。

はっはっは。」

明成《あきなり》の耳たぶが、くやしさと恥《は》ずかしさで、焼け落ちそうにあかい。

的場《まとば》にゆれる笑《わら》い声の中で、ただつるだけが、むきになっていい張った。

「いいえ、にいさま。

明成《あきなり》の勝ちじゃ。

つるは、一本負けました。」

そして、むっとくちびるをかんでいる明成《あきなり》に向かい、目元から光のこぼれるようにほほえんだ。

つるのほほえみに、明成《あきなり》もさっぱりしたほほえみを返した。

まっかに汗《あせ》ばんだ二人のほほに、浜《はま》から吹《ふ》き上げる海風の涼《すず》しい、初夏のまひるであった。

やくそくの章

やくそく

「いつまでも、なんと暑いこと。

さっ、大祝《おおほうり》さま。冷たい布で、汗《あせ》でもおふきいたしましょう。」

冷たい井戸《いど》水《みず》を満《み》たした手桶《ておけ》を置いて、妙林《みょうりん》が、大祝安用《おおほうりやすもち》の床《とこ》のわきにすわる。

その夏の暑さは、またことさらであった。

楠《くす》の木につくつくぼうしが秋をうたい始めても、夏の火照《ほて》りはまだまださめそうにもない。

春先からやつれが目立ちだしていた安用《やすもち》は、この夏の暑さのせいもあったのか、秋の稔《みの》りを祈《いの》る夏まつりの神事《しんじ》を終えて、今治《いまばり》の屋敷《やしき》へ帰ると、そのままどっと床《とこ》に伏《ふ》してしまった。目は落ちくぼみ、ほほは青ざめ、あごのひげも枯《か》れている。

妙林《みょうりん》は、安用《やすもち》のひたいの汗《あせ》をていねいにぬぐいながら、なぐさめた。

「およろこびなさいませ、大祝《おおほうり》さま。

もうまもなく、安舎《やすおき》と安房《やすふさ》が見舞《みま》いにもどってまいります。」

「そうか。屋敷《やしき》へついたら、すぐここへ呼《よ》べ。」

「はい、それはもう。」

「いや、ただのあいさつにこいと、いうのではない。一刻《こく》も早く、いうておきたいことがある。」

布を水にひたしていた妙林《みようりん》は、はっと不吉《ふきつ》な胸《むな》さわぎにおそわれ、安用《やすもち》をふりかえった。安用《やすもち》は、もう深いねむりに落ちていた。


その夜は、吹《ふ》く風にもやっと初秋のけはいがただよい、長い夏の暑さを嘆《なげ》いていたひとびとに、ほっと一息つかせた。

「おお、よい風じゃ。ひるま、ようねむったゆえ、こよいは気分がよい。それに、おまえたち兄妹《きようだい》三人が、こうして顔をそろえてくれたのも、うれしい。」

「父上も、思ったよりずっとお元気そうで、うれしいのはわたしどもの方です。」

安舎《やすおき》のあいさつに、安用《やすもち》はかさこそとかわいた声で低く笑《わら》った。

「なになに、わたしが元気そうだなどと、つまらぬ世辞《せじ》は、いわぬことじゃ。それより、こよいは、ぜひおまえたち三人に、いっておきたいことがある。」

「はい。」

安舎《やすおき》、安房《やすふさ》、つるの影《かげ》が、一つに寄る。

「まず、安舎《やすおき》。」

「はい。」と、ひざをすすめる安舎《やすおき》。

「いずれ近いうち、そちが、わたし大祝安用《おおほうりやすもち》のあとを継《つ》ぎ、大祝職《おおほうりしょく》となる日がこよう。大三島《おおみしま》、大山祇神社《おおやまずみじんじゃ》の大祝職《おおほうりしょく》として、神を守り、りっぱにつとめを果たしてくれ。」

「たしかに。」

「次は安房《やすふさ》。兄が大祝職《おおほうりしょく》を継《つ》いだあかつきは、そちが、三島城城主《みしまじょうじょうしゅ》となり、必ず大三島《おおみしま》を守りぬくのじゃ。」

「おことば、命にかけてたがえませぬ。」

深く頭をさげる安房《やすふさ》。

「よしよし。」

さて、いつぞやも話したように、これからの世のなりゆきはきびしい。

つるも、今はまだおさなくとも、やがて一人前となろう。その時には、よいな、安舎《やすおき》、安房《やすふさ》、つる、三人、それぞれ力を合わせて生きぬき、この神の島、大三島《おおみしま》を、守りつづけてほしい。」

そのものしずかな声音《こわね》には、ことばにならぬ深い悲しみがこもり、きくものの胸《むね》の底をゆすぶった。

それからというもの、つるは、日に何度も、父の伏《ふ》している部屋《へや》をのぞいた。安用《やすもち》は、いつもねむりつづけていた。

あるひるさがりのこと。めずらしく快さそうにめざめていた安用《やすもち》は、細くあけた障子《しょうじ》のすきまから、じっと父を見つめているつるをみつけ、やさしく呼《よ》びかけた。

「おはいり、つる。

なんじゃ、話でもあるのか。」

待ちかねていたつるは、父の床《とこ》の横に、ぴったりとすわった。

「ご気分は、いかが、とうさま。」

「まあまあかのう。

ところで、つるの用とは。」

「はい、とうさま。」

つるは、じっと父を見つめた。

「このあいだ、とうさまは、にいさまたちには、いろいろとりっぱなおつとめをくださるおやくそくをして、おいでだったけれど。

つるには、ただ兄妹《きょうだい》三人で、力を合わせよとだけ。

つるにも、何かおやくそくがほしい。」

ひさしぶりに、つるに甘《あま》えられて、父のやせたほほが、ほころんだ。

「ほほう、さては、何かほしいものでも、あるのかな。

それは何じゃ、いうてみい。」

「はい、とうさま。

つるは、よろいがほしいのです。

つるも、よろいが着てみたい。」

「おかしなことをいいだすのう、つるは。

そんなもの、おなごが着てみても、しかたがあるまい。」

「でも、とうさま。
つるは、まつりの夜、夢《ゆめ》の中で、美しいよろいを着ておりました。」
安用《やすもち》の顔に、ふといたみの色が走った。
「なんと、夢《ゆめ》の中でだと。」
つるは、無邪気《むじゃき》に答える。
「はい、とうさま。
つるは、よろいを着た竜神《りゅうじん》の女神《めがみ》になっておりました。」
にわかに、はげしいせきが、安用《やすもち》をおそう。
「うっうっう。
もうおよし、つる。
おねがいだ、やめてくれ。」
苦しみにゆがむ父の顔におどろいて、つるは立ち上がった。
そこへ、妙林《みょうりん》がせき止めの薬湯《やくとう》をもって、はいってきた。
「つる、何かやんちゃでもいうたのか。
ほれ、大祝《おおほうり》さまが、おつかれのようじゃ。

さっ、居間へ行って、冷やしたうりでも食べておいで。」

どこの森なのか、そこはうっそうとした森の奥《おく》にある、ひろい神殿《しんでん》である。四方が、かすみに曇《くも》るほどひろい床《ゆか》に、安用《やすもち》はひとり、祈《いの》りをあげている。

にわかに、白いかすみがまっかな炎《ほのお》となった。炎《ほのお》は渦《うず》をまき、安用《やすもち》におそいかかる。

安用《やすもち》は、救いを求めて、天をあおぐ。

その安用《やすもち》のまなこいっぱいにひろがるのは、炎《ほのお》の空に舞《ま》いくだる竜神《りゅうじん》。

炎《ほのお》の中に身もだえながら、竜神《りゅうじん》はやがて、女神《めがみ》へと変化《へんげ》する。金色にかがやく竜《りゅう》のうろこのよろいをまとった女神《めがみ》の面《おも》ざしは、なんとあどけないつるの顔。

炎《ほのお》にまかれる、つる。

安用《やすもち》は、声をあげようと必死《ひっし》にもがく。

（つる、つる、つる。）

女神《めがみ》の幻《まぼろし》は、かすかにほほえみ、風のようにさけぶ。

「最後に神を守るのは、つるじゃ。

つるじゃ。

つるじゃ。」


「ううっ。」

安用《やすもち》は苦しげにうめいて、かすかに目をあける。妻《つま》やむすこの顔が、重なって見える。

「大祝《おおほうり》さま。

しっかりなさって下さいまし。」

安用《やすもち》にとりすがる妙林《みょうりん》。

「つるは、おらぬか。」

「おお、つるですか。

もう夜もふけたゆえ、やすませましたが。」

安用《やすもち》は、声をふりしぼる。

「つるを、呼《よ》んでくれ。」

まもなく、兄たちにかこまれて、つるは、ふるえながら、父の枕《まくら》もとに寄った。

「とうさま。つるです。」

「おお、つるか。」

安用《やすもち》は、かすむ目を、見ひらいた。

「つる、おきき。

おまえには、わしからやるものは、何もない。

ただひとつ。

どんな時にでも、最後まで、おのれの、力の、すべてを、つくして、生きること。

それが、つるのつとめじゃ。

それが、この父とつるとの、やくそく。

いや、父とではない。

つる、おまえには、神とのやくそくが、ある。

すべては、神が、つるに、下さるのじゃ。

わかったなあ、つる。」

きれぎれなそのことばは、なぞめいていた。

けれども、つるは、大きく目を見張ったまま、しっかりとうなずいた。大粒《おおつぶ》の涙《なみだ》が、つるのまろやかなほほに、こぼれる。

うなずくつるを、安用《やすもち》は、光のうすれていく目で、じいっと見ていたが、そのまま、深いねむりに落ちていった。
やがて、そのおちくぼんだまぶたに、くろい影《かげ》が、おりた。
その夜明け、大祝安用《おおほうりやすもち》の命の火は、しずかに消えた。
うすら明りの森に、つくつくぼうしが、夏の終りを告《つ》げていた。

草つみ

「せり、なずな、ごぎょう、はこべら、ほとけのざ、すずな、すずしろ。」

つるが、十《とお》になった正月の七日の朝である。

いつもの正月のならわしどおり、つるは、母や乳母《うば》たちとつれだって、蒼社川《そうじゃがわ》の土手に、若草をつむ。

七草を七日に食べれば、その一年の厄《やく》から守られると、信じられていたそのころ。正月の草つみは、女たちの大切なつとめだった。

あたたかい南国の川岸には、もう若草《わかくさ》がみずみずしい芽を吹《ふ》いている。朝の川風に、腰《こし》のあたりまで伸《の》びた髪《かみ》をなびかせて、しきりと草をつむつるの、紅梅色《こうばいいろ》の小袖姿《こそですがた》は、どこやらおとなびて、ういういしい。

「せり、なずな、ごぎょう、はこべら、ほとけのざ、すずな、すずしろ。」

うたうようにつぶやくつるの手かごの中は、みるみる若草で満《み》ちていく。

「まっこと、つるは、手も足もすばやいのう。

むかしは、母が一本一本おしえては、そなたのかごに、入れてやったものじゃが。」

めっきり白髪《しらが》のふえた母妙林《みょうりん》は、先に立ってどんどんすすむつるの後ろ姿《すがた》をながめ、目を細める。乳母《うば》も、あいづちを打つ。

「ほんに、お姫《ひ》いさまは、日に日に大きく美しくなられますなあ。こうして、お姿《すがた》を見ているだけで、めでたい気分になります。」

妙林《みょうりん》は、草つみの手をとめ、腰《こし》を伸《の》ばして、遠くを見つめるようにいう。

「思えば、大祝《おおほうり》さまがなくなられてから、もう三度目の正月。早いものよのう。

わたしら年をとったものの足は、つるの足にも、時のすぎる足にも、もうとても追いつけぬわ。」

「ほんに、ほんに。」

つるは、母たちから離《はな》れて、ずんずん土手を、川下の方へくだる。

「かあさまとかねは、何かといえば、すぐくりごとばかり。

つるは、いやじゃ、くりごとは。」

年取った女ばかりの屋敷《やしき》で、正月がきてさえ、くりごとと嘆《なげ》きに明け暮《く》れている毎日に、つるは、息がつまりそうだ。

つるは手をかざして、川下のかなたにかすむ海の青さを、見やる。

(あの大三島《おおみしま》のお城《しろ》では、みなどうしているだろう。

つるも、あのお城《しろ》で暮《く》らしたい。

そして、とうさまのおことばどおり、明神《みょうじん》さまと島を、お守りしたいものじゃ。)

はるかな島のことを思うと、つるのやわらかにふくらみはじめた胸《むね》には、いたいようなあこがれがわき上がった。


川下の川原《かわら》では、ひと群《む》れの少女たちが、笑《わら》いさざめきながら、若草をつんでいる。

その中のひとりが、つと立ち上がり、かるくさけんだ。

「あれ、つる姫《ひめ》さまでは。」

見れば、髪《かみ》を白い布でつつんだまっかなほほの小娘《こむすめ》が、細い目を細めて、腰《こし》をかがめている。

「あっ、やっぱりつる姫《ひめ》さまじゃ。

お姫《ひ》いさま、おひさしぶりですのう。

あたし、みのです。

ほら、ここの川原《かわら》で、お姫《ひ》いさまにたすけていただいた、あの泣《な》き虫の。」

「おお、あののときのみのか。」

つるもなつかしさに、にっこりほほえむ。

ほんの四、五年前、この川原《かわら》で魚をとってあそんだ二人の女童《おんなわらわ》は、今ははや、みずみずしい娘《むすめ》になろうとしていた。

「まあ、お姫《ひ》いさまは、まぶしいばかりに、お美しい。」

「そういうみのこそ、もう一人前のおとなみたいに、見える。」

今は、どうしているのじゃ。」

みのは、肩《かた》をすくめて、ふっふっと含《ふく》み笑《わら》いをした。

「あのう、彦《ひこ》のかあさんたちといっしょに、浜《はま》で、潮《しお》くみをしています。」

そして、なぜかそのあかいほほを、もっとあかくする。

「彦《ひこ》っていうのは、いつもみのをいじめていた、あの。」

「はい。」

「して、彦《ひこ》は。」

「はい、彦《ひこ》は、もうずっと前から漁師《りょうし》になって、舟に乗っています。

ときどき、浜《はま》で会うこともあるけど。」

「そうか、それは、たのしかろう。」

「では、お姫《ひ》いさま。」

みのは、自分で自分のことばにはにかみ、笑《わら》いがこぼれおちそうになるのを、たもとで押《お》さえて、小走りにかけ去《さ》った。

つるは、ふと、みのをうらやましいと思った。

(いいな、みのたちは。

彦《ひこ》たちといっしょにはたらく、いきいきした暮《く》らしがあって。

つるには、何もない。何もない。)

草の手かごを下におくと、つるは髪《かみ》を後ろにかき上げて、きっと目をみはり、大きく一つ息をした。

(そうじゃ。

今年こそは、大三島《おおみしま》のお城《しろ》へ行こう。)

つるは、手にしていたせりの青い芽を、がりりとかみしめた。

その味は、ほろ苦《にが》く舌《した》にしみた。

(城《しろ》へ。)

その思いは、この時から、つるのあこがれそのものとなり、日ごとに強く育っていった。

庭先の桜《さくら》の古木には、何千ものつぼみたちが、ある朝ぱっと花ひらくのを待ちながら、音もなくふくらみつづける。つるは、その数かぎりない花のつぼみの下をかけぬけて、森に切りひらいた的場《まとば》へと走る。

野に若葉がもえ、れんぎょうやももや桜《さくら》の花のつぼみが、春を告《つ》げ始めると、つるのあこがれも、負けじとふくらむ。

だから、つるは、きょうも的場《まとば》へと向かう。

そして体《からだ》いっぱいの力をこめて、弓《ゆみ》を引く。しずかな森の奥《おく》から、父の声がきこえてくるようだ。

「つる、足をきめて。

しっかりと、土をふみしめるのじゃ。」

「つる、肩《かた》の力を抜《ぬ》いて。

やわらかくしなやかに、力をこめよ。」

その声にこたえるように、つるはさけぶ。

「えいっ。」

ぴしっ、矢が飛ぶ。切れ長なひとみが、光る。つややかな髪《かみ》が、ゆれる。白いたすきに、汗《あせ》がにじむ。

「つる、もう一本行け。」

「つる、息をととのえて。」

五本、十本、十五本。つるは、おのれをはげまし、矢を射《い》つづけた。

まるで、矢を射《い》ることで、生きているつるを、たしかめでもするように。

つるの弓《ゆみ》のうでまえは、自分でそれと気がつかぬまま、めきめきと上がった。


満開の桜《さくら》も、そろそろ散りそめる夕べ。

召《め》し使《つか》いの女たちが、最後の皿《さら》をおいてさがると、座敷《ざしき》では、つると母と給仕《きゅうじ》をするかねとただ三人だけの、ひっそりした夕食の膳《ぜん》が始まる。時おり、花のかおりの風が吹《ふ》き過《す》ぎる、女ばかりのこのひろい屋敷《やしき》の夕暮《ゆうぐ》れは、ひとしお静かだ。

つるは、ふとため息をつき、はしを置いてしまった。

「どうしたのじゃ、つる。」

たずねる妙林《みょうりん》に、つるは思い切って、切りだした。

「かあさま。

つるは、城《しろ》へ行きたい。

いけませぬか。」

母は、おどろいた。

「なにをまた、にわかにいいだすことやら。

城《しろ》など、おなごの行くところではない。

あれは、海を守る荒武者《あらむしゃ》の館《やかた》じゃ。」

きっと目を見張ったつるには、母のことばにうなずくけはいも見えない。母は、やさしくつるを見つめ、おだやかにいいきかせた。

「のう、つる。

かしこくて元気なそなたには、とうさまもおられぬこの屋敷《やしき》の暮《く》らし、あるいは、ものたりなかろう。

だがのう、つる。

こうして、しずかに暮《く》らすのが、女の暮《く》らしというものなのじゃ。

そうするうちに、やがて、つるにも、よいむこどのから、のぞまれる日がくる。母のこれからの楽しみはのう、りっぱな嫁《よめ》ごとなったそなたのかわいいまごを、抱《だ》かせてもらうことじゃ。」

そばから、かねも口をそえる。

「そのとおりでございますよ、お姫《ひ》いさま。女はみな、昔からこうして暮《く》らしてきたのでございます。

なんのふしぎもないことじゃ、お姫《ひ》いさま。」

つるは、はげしくかぶりを振《ふ》った。

「つるは、いやじゃ。

そんな女の暮《く》らしは。

ただ、待っているだけなんて、耐《た》えられぬ、つるには。」

そして、つるは、ほとんど手をつけぬ食事の膳《ぜん》を、少し押《お》すと、頭をさげた。

「かあさま、お先に。」

つるは立ち上がり、部屋《へや》を出た。つるは、長い暗い廊下《ろうか》を走った。

(とうさまが亡《な》くなってからの、この屋敷《やしき》。

春がきても夏がきても、ただ静かなだけ。

あんまり、静かすぎる。

つるは、いや。いやじゃ。

むこどのにのぞまれる日を、待つなど。

女とは、そんなつまらぬものか。

いいえ、つるにだって、することはあるはずじゃ。

とうさまも、いわれたではないか。

すべての力をつくして、生きるのが、つるのつとめじゃと。)

つるは、居間《いま》の棚《たな》から小箱《こばこ》をおろし、一本の笛《ふえ》をとりだした。こどものころ、父からもらい、折々吹《ふ》き方をおそわったものだ。腰帯《こしおび》のわきに、その笛《ふえ》をはさんだつるは、はだしで、庭に降《お》りた。夜露《よつゆ》が、素《す》はだにつめたい。

おぼろな夕月に、満開の桜《さくら》が、しろじろと浮《う》かびでる。

つるは、夕月をあおいだ。

(とうさま。

つるは、城《しろ》へ行きたい。)

つるの目に、いつか涙《なみだ》があふれ、長いまつげに、丸《まる》い玉をつくる。玉に、月が映《うつ》る。

つるは、涙《なみだ》をふりはらおうと、笛《ふえ》を抜《ぬ》きとった。目をとじてくちびるに笛《ふえ》をあてる。とじたまぶたから、熱い涙《なみだ》が、こぼれ落ちる。

つるは、笛《ふえ》を吹《ふ》きつづける。

きよらかにするどい笛《ふえ》の音が、夕月に向かって、のぼっていった。

「ききいい。」

深い森の奥《おく》で、ひとこえ野猿《やえん》が鳴いた。

城《しろ》へ

八月十五夜の月の出を待つ夕暮《ゆうぐ》れ時。

三年ぶりで、大三島《おおみしま》の大山祇神社《おおやまずみじんじゃ》から帰ってきた長兄《ちょうけい》、安舎《やすおき》を迎《むか》えて、屋敷《やしき》の奥《おく》の間は、灯《ひ》のいろもにぎやかである。

つるは、朝めざめた時から、心をはりつめて、日の暮《く》れるのを待っていた。

(こよいこそは、にいさまにおねがいしよう。

ぜひ、つるを城《しろ》へおつれ下さるよう。)

母の心づくしの料理で、ひさしぶりに親子三人の月見の宴《うたげ》が、始まった。

湯上がりのつるは、白麻《しろあさ》の地に青い秋草を染《そ》めたすがすがしい柄《がら》の小袖姿《こそですがた》、黒髪《くろかみ》がまろやかなほほを流れて肩《かた》にこぼれ、いかにも涼《すず》しげだ。

「つる。

しばらく見ぬまに、ずいぶんと大きくなったのう。いくつになったのかな。」

さかずきを手にした安舎《やすおき》は、年かさの兄らしく、まるで父親のような口ぶりできく。

つるは、わざとつんと澄《す》まして答えてみせた。

「つるは、もう十《とお》です。

大きくなるのは、あたりまえじゃ。」

「はっはっは、なるほど。

いや、そうであろう、そうであろう。

十《とお》といえば、わたしが三島城城主《みしまじようじようしゆ》になった年だ。おじ上が、たすけては下さったが。

だがのう、つる。

わたしらは、つるがいとしいあまり、ついなんとなく、そなたばかりは、いつまでも童《わらべ》のように思われてならぬのじゃ。」

「まっこと、いっそのこと、つるがいつまでも、あいらしい童《わらべ》であってくれた方が、母には、うれしいくらいのものじゃ。」

少し眉《まゆ》を寄せて、母がいう。

「まあ、きいて下され、安舎《やすおき》どの。

このごろのつるは、なにやらひどく気むずかしくなって、この母の手におえぬ時さえある。

のう、つる。少しにいさまにしかってもらわねば。」

つるはきこえぬふりのとぼけ顔で、兄の方を見ると、にっこりほほえむ。そのかわいらしさに、思わず兄はつりこまれる。

「そんなことはあるまい、のう、つる。

つるがかしこくなりすぎて、母上の方は、うらはらにもうろくなされたからではないか。な、そうであろうが、つる。

はっはっはっ。」

「はて、そうであろうかの。

だが、ほんにもう、母も年を取ったものじゃ。ほっほっほっ。」

母は、小さくため息をつきながらも、たのしげに笑《わら》った。妙林《みょうりん》は、すこやかなわが子たちにかこまれているという、ただそれだけのことで、うれしかった。

その母の心に、今のつるの心は、少しずつ遠ざかっていく。つるは、ひそかに考えていた。この兄ならば、つるのねがいをききとどけてくれるだろうと。

つるは、ただおとなしく息をひそめて、遠くからたずねてくるやもしれぬ何かよいことを、じっと待っていることなど、がまんできぬ。つるは、自分の命が、明るくせいいっぱいはばたけるところへ、行きたい。

こどもというものの、日ごとに大きく伸《の》びていく強い命の力は、母のどんな深いいつくしみの手にも、押《お》しとどめることはできぬものらしかった。


最後の膳《ぜん》が、終るころ。

満月が、清い光をたたえて、くっきりくろい森の空高く、のぼった。

つるは、つと立ち上がり、灯《ひ》に近づいて、ふっと火を吹《ふ》き消す。月の光が、庭からひろいぬれ縁《えん》へと、白く流れ入る。

「灯《ひ》を消すと、ほら、月がもっと明るくなるでしょ、にいさま。」

「まったくじゃ。

つるは、なかなか気のきいたことをするのう。」

つるは、ぬれ縁《えん》に出た。

兄も立って、つると並《なら》んだ。

つるの背《せ》が、兄の胸元《むなもと》までもあるのを知って、安舎《やすおき》はからかう。

「背《せ》が、ひどく高くなったのう。

あまり高くなると、むこどのが困《こま》るぞ。

はっはっは。」

けれども、つるは笑《わら》わない。急にだまりこんでしまったつるは、きゅっとくちびるをむすんで、くっきりと目を見ひらき、月を見上げている。

「えっ、どうした、つる。」

ふと、つるを見おろす兄へ、つるは、思い切った口ぶりで、はっきりといった。

「にいさま。

つるは、お城《しろ》へ行きたい。

どうぞ、大三島《おおみしま》の城《しろ》へおつれ下さい。」

月の光を宿《やど》したその目の色は、十《とお》の少女とは思えない強さで、兄に迫《せま》る。安舎《やすおき》の胸《むね》にも、たちまち、つるのぴんと張りつめた思いが、つたわる。

安舎《やすおき》は一息《ひといき》つくと、まじめな声で話し始めた。

「つる、そなたも知っておろうが、城《しろ》の暮《く》らしは、きびしい。荒武者《あらむしゃ》の男でなければ、つとまるところではないのじゃ。」

つるは、たじろがない。

「とうさまが、いいのこされたことを、にいさまは、もうお忘《わす》れか。とうさまは、おっしゃったではありませぬか。大三島《おおみしま》の神と城《しろ》は、必ずおまえたち三人で、力を合わせて守れよと。

にいさまたちは、とうさまのおことばを果たしておいでだけど、つるは、何もしていない。」

「うむ、そなたのきもちは、わかる。

しかし、つるはまだ十《とお》ではないか。

その年では、何としても幼《おさな》すぎる。」

「にいさまとて、十《とお》の時、城主《じょうしゅ》になられたそうではないか。」

つるの涼《すず》しい目は、兄の目をとらえてはなさない。

安舎《やすおき》は、何もいわず、つるをしみじみと見つめた。

(なるほど、さきほど母上がいわれたのは、このことか。

つるのこの思いつめようでは、たしかにおやさしい母上には、もはや手のくだしようもあるまい。

さて、どうしたものか。)

安舎《やすおき》は、ゆっくりと腕《うで》を組む。

(かしこい上に、気性《きしょう》のはげしいつる。

そのつるに、この女ばかりのひっそりした屋敷《やしき》がものたりぬのは、わからぬでもない。

つるのきもちを落ちつかせるためには、一度城《しろ》の暮《く》らしを味わわせてやるも、よかろう。

なに、つるとて、つまりはおなご。

城《しろ》の暮《く》らしのきびしさにへきえきして、いずれは母のもとに帰り、女らしゅう生きたいとのぞむようになろう。)

兄、安舎《やすおき》の考えは、決まった。

「ようし、つる、ようくわかった。

もどりの舟で、この兄が、つるを大三島《おおみしま》のお城《しろ》へ、つれていってやろう。」

「ほんとうか、にいさま。」

つるのひとみが、きらきらと光る。

「母上には、兄から、お許しをねがってやろう。それでよいのう、つる。」

「はい、にいさま。

どうもありがとうございます。」

「なんというた、安舎《やすおき》。そなた、本気で、あのつるを島の城《しろ》へつれていくと、いうのじゃな。」

あくる朝、母の居間《いま》に手をついた安舎《やすおき》に、母は、顔色を変えて、問い返した。

「はい、母上。

しかし、ご安心下さいませ。

十日もたたぬうちに、必ずやお手元にもどってまいりましょうから。

なに、三島城主安房《みしまじょうしゅやすふさ》にいいふくめて、たっぷり油をしぼってやれば、いかにつるがかしこかろうと、つまりは十《とお》の小娘《こむすめ》。城《しろ》の暮《く》らしのきびしさにへきえきして、逃《に》げだすに決まっておりまする。」

「そうであろうかのう。」

母には、なぜか、つるがもうこれっきりもどらぬような気がしてならない。

「そうですとも。

そして、母上のおのぞみどおり、おとなしく美しい姫《ひめ》に育ち、よいむこどのに求められようというもの。

はっはっは。

まあ、安舎《やすおき》におまかせ下さることじゃ。」

「つるまでも、とうとうわたしの手から、離《はな》れていくのじゃなあ。」

母は、さびしげにつぶやいた。


潮風《しおかぜ》が、澄《す》み切った初秋の空にかおる朝。

青い海に一本の白い波あとをのこして、安舎《やすおき》の舟は、つると乳母《うば》かねを乗せ、大三島《おおみしま》へ向かった。

市女笠《いちめがさ》のかげにのぞく、つるのひとみが、うれしさにほほえみつづける。

(城《しろ》へ、城《しろ》へ、城《しろ》へ。)

胸《むね》いっぱいに命が、まるくまるくふくらんでいくのが、つるには、はっきりとわかる。

つるは、ひとり今治《いまばり》の屋敷《やしき》へのこされる母のさびしさを思いやるには、まだおさない。

ただもう、おのれの命いっぱいに生きることに、われを忘《わす》れていた。

朝早い瀬戸内《せとうち》の海は、清水《しみず》のように澄《す》んでいる。藻《も》のゆれる海底を、群《む》れをなして泳ぐ魚の青い影《かげ》が、走っていった。

白馬の章

小みかん

ここは、三島城《みしまじょう》の大広間である。正面床《とこ》の間《ま》から、大陸ものらしい青銅《せいどう》の竜《りゅう》が、はっしとにらみをきかせている。

見上げるばかりにたくましい若い城主《じょうしゅ》、安房《やすふさ》は、からからとうち笑《わら》いながら、つるのあいさつを受けた。

「おう、きたな、つる。」

海の荒武者《あらむしゃ》どもの総大将《そうだいしょう》だけに、さっぱりしているのはよいが、いささか荒《あら》っぽい。

つるは、きのうはひとまず神社《じんじゃ》へ泊《と》まり、けさ早く神へもうでると、その足で、城《しろ》へやってきたのだ。

「これは、安舎《やすおき》にいさまからのお手紙です。」

安舎《やすおき》からの書状《しょじょう》をふところから出し、つるは、安房《やすふさ》の前に置いた。

「うむ、なんと。」

書状《しょじょう》を読み終って顔をあげた安房《やすふさ》の、ぐいとつるを見すえる目が、おかしさをこらえて光る。

「つる。覚悟《かくご》はよいか。

兄上が、ひとつ存分《ぞんぶん》につるをきたえてやってくれと、いっておいでじゃ。」

「かまいません。

よろしゅうおねがい申し上げます。」

つるはびくともせず、あいさつを返す。

「わっはっはっは。

なんとなんと、かわいらしい顔をしおって、一人前の口をきくではないか。」

そうからかいながらも、安房《やすふさ》はつるがいとしい。

「おい、かね。

つるの部屋《へや》は、一番奥《おく》の書院《しょいん》がよかろう。」

「はい、ありがとう存《ぞん》じます。」

つるにつきそうかねが、ほっとした顔色で手をつく。

「おい、だれぞ、おらぬか。

つるの荷物を、書院《しょいん》へはこべ。」

安房《やすふさ》は、つるのために城《しろ》の奥《おく》まった部屋《へや》をえらび、荷をはこばせ、寝泊《ねと》まりのための世話《せわ》を、なにくれとなくやいてやった。

「さあて、つる。

これで、そなたの部屋《へや》も決まった。

ここは、今治《いまばり》の屋敷《やしき》とはちがう。島を守り、海を見張る城《しろ》じゃ。つるも、あすからは、男として扱《あつか》うぞ。

よいな。」

おどかすつもりの兄のことばは、かえってつるを喜ばせた。

「こりゃあ、まいった。

「それこそ、つるののぞむところじゃ。」

はっはっはっは。」

「ふっふっふっふ。」

つると若《わか》い城主《じょうしゅ》は、目を見合わせて、明るい笑《わら》いをひびかせる。

「そうじゃ、にいさま。」

つるが、思いだしたようにたずねた。

「明成《あきなり》は、まだ城《しろ》におりますか。」

「ああ、おるとも。

ちかごろでは、もうりっぱに役に立っておるわ。」

つるの目が、きらりとかがやく。

「つるは、も一度、明成《あきなり》と弓合《ゆみあ》わせがしたい。」

そのことばから、ふと何かよい考えでも浮《う》かんだのか、ひとりうなずきながら安房《やすふさ》は立ち上がった。

「ようし、ぼつぼつ始めるかな。

つる、裏《うら》の庭へ出よう。

きょうの弓合《ゆみあ》わせは、的《まと》はつかわぬぞ。」

そして、大声でさけんだ。

「明成《あきなり》を呼《よ》べ。

弓《ゆみ》を持ち、裏《うら》の庭へ出るようにとな。」

城山《しろやま》の崖《がけ》を下に見て、裏《うら》の庭がひろがる。

庭の崖《がけ》ぎわに一本、古い小みかんの木がある。下から吹《ふ》きあがる風に、まだいくらか青みをのこしている小みかんの実が、ゆれる。

安房《やすふさ》の後ろで、ぴたっと止まった足音があった。

「お呼《よ》びですか。」

つるは、くるりとふり返った。

浅黒《あさぐろ》いひたいに濃《こ》い眉根《まゆね》、きりっとひきしまったほほ、思いこんだらとことんやらねばすまぬという角ばったあご。すっくと伸《の》びた背《せ》に、たかだかと結んだ髪《かみ》が、ゆたかにゆれる。

「おっ、つる姫《ひめ》さまではありませぬか。」

思いもかけぬところに見たつるの姿《すがた》に、さすが若武者《わかむしゃ》ぶりの少年、明成《あきなり》も、とまどった様子《ようす》だ。

そのするどい目元に、たちまち浮《う》かぶ、なつかしさと淡《あわ》いはにかみの色がういういしい。

その色が、つるの心を、ふとなごませた。

(ああ、よかった。

大の男たちばかりの城《しろ》のここに、つると同じ仲間《なかま》が一人いる。)

つると明成《あきなり》は、目を見合わせて、何げなくほほえんだ。

「さて、つる。」

安房《やすふさ》の声に、つるはわれにもどる。

「見よ、つる。

あの小みかんの木の、一番上の枝《えだ》に一つ、ゆれている青い実を。

きょうは、あれを射《い》るのじゃ。」

つるは、どきりとする。うごくものは、まだ射《い》たことがない。

安房《やすふさ》は、つると明成《あきなり》に、一本ずつ矢を渡《わた》した。

「矢一本きりの勝負《しょうぶ》じゃ。

二度と、やりなおしはきかぬぞ。」

つるのほほに、血がのぼる。くちびるが、きゅっと負けん気に、かみしめられる。ぎりぎりと弓《ゆみ》がしなう。

「えいっ。」

青い空に、白いたすきが、ひらめいた。

矢は、青い小みかんをかすめて、崖下《がけした》の谷へ、流れていった。

「ごめん。」

一礼して、明成《あきなり》が進みでる。

ぐいと足をふんばり、肩《かた》の力もしなやかに、じわじわと弓《ゆみ》をしぼる明成《あきなり》。目はひたとゆれる小みかんを、ねらう。

「えい。」

みごとに矢にさしぬかれた小みかんが、くるくると舞《ま》って土に落ちた。

「わかったか、つる。

弓《ゆみ》は、つるが思うておるより、はるかにむずかしいものぞ。」

安房《やすふさ》は、にこりともせずいい放《はな》った。

「ところで、明成《あきなり》。

そちは、あすから、おのれの習うたこと、知っていることを、すべて、このつるにおしえてやれ。

わしには、つるの相手《あいて》をしているひまはない。いや、そればかりではないぞ。

明成《あきなり》。そちは、いずれ井《い》ノ口《くち》の城《しろ》へもどり、つわものをひきいる将《しょう》とならねばならぬ身。

何も知らぬものを、おしえ仕込《しこ》むすべも、また、学ばねばなるまい。

相手《あいて》が姫《ひめ》だとて、手加減《てかげん》はゆるさぬ。

よいな。」

「はい、よくわかりました。」

明成《あきなり》は、きっぱり答えると、つるに向かって会釈《えしゃく》した。

「姫《ひめ》さま、よろしゅうおねがいいたします。」

「つるこそ、よろしゅうに。」

その時、射《い》おとされた青い小みかんのかおりが風にのり、つんとすっぱく、つるの鼻にしみた。

白《しろ》馬《うま》

「ああ、美しい海。」

城《しろ》の書院《しょいん》の窓《まど》をあけて、つるはさけぶ。

青く澄《す》んだ海面に、金銀のさざ波がゆれ、遠く近くの島々は、白い浜《はま》の上に燃えるようなもみじの森をのせている。白い小舟が二、三隻《せき》、ゆっくりと島影《しまかげ》を過《す》ぎる。

小高い丘《おか》の上の三島城《みしまじょう》の窓《まど》から、生まれてはじめて見わたす朝の海のながめは、つるの目の底まで、すがすがしく洗う。

「ああ、海はいい。」

つるは、胸《むね》いっぱいに朝の潮風《しおかぜ》を、飲む。

その時、庭の方から、明成《あきなり》のはりきった声が、ひびいた。

「姫《ひめ》さま。姫《ひめ》さま。

すぐ、城《しろ》の外庭の方へ。」

「ただいま、すぐに。」

答えて、つるは、髪《かみ》を白たすきできつくしばり、白麻小袖《しろあさこそで》に青竹色のはかまというつつましいでたちで、外庭に走りでた。

明成《あきなり》は、濃《こ》い紺色《こんいろ》のみじかばかまから、ひきしまった浅黒《あさぐろ》いすねを出して、城門《じょうもん》のわきに立っている。

「おはよう。

よろしゅう、おねがいします。」

「おはようございます、姫《ひめ》さま。」

明成《あきなり》は、そのままつるの顔も見ず、先へ立って、大またに歩きだす。

「どこへ行くのじゃ、明成《あきなり》。」

「台の浜《うてなはま》へ。」

台の浜《うてなはま》とは、城山《しろやま》の下に細長くひろがる砂浜《すなはま》の名である。二人はだまって、急な森の坂道を、くだった。

白い波の打ち寄せる台の浜《うてなはま》には、白馬《しろうま》と黒馬が二頭、潮風《しおかぜ》にたてがみをあそばせている。

明成《あきなり》は、何もいわず、黒馬に近づいた。

そして、いきなり、左手でぐいとたづなをつかみ、人さし指にくるりとたてがみをまきつけたかと思うと、さっと右足をけってはずみをつけ、あっというまもなく馬にうちまたがった。

まさか馬に乗ることになろうとは、つるは思ってもいなかった。つるは、まばたきもせず、明《あき》成《なり》の手さばきを見つめる。

「姫《ひめ》さまも、どうぞ。」

つるは、たじろいだ。生まれてはじめての馬だ。

しかし、黒馬のくらにまっすぐに背《せ》すじを伸《の》ばしている明成《あきなり》は、左手で馬の首すじをかるくたたきなだめながら、じっとつるを見おろしているだけだ。

明成《あきなり》は、また、つるをうながした。

「さあ、姫《ひめ》さま。」

つるは、歯《は》を食いしばった。

(あの明成《あきなり》のまえで、馬ははじめてだから、こわくて乗れぬなどと、どうしていえようか。

よし、乗ろう。

乗るのじゃ、つる。)

うじうじとたじろぐ心をふりきって、つるは、まっすぐに白馬《しろうま》に近づいていった。

つるはそっと手を伸《の》ばし、白馬《しろうま》の首すじのあたりを、なんとなくなでてみる。つるのくっきりと見ひらいたひとみと、白馬《しろうま》のくろぐろとうるんだ目が、ぴたっと合った。

(かわいいな。)

そう思った時、こわいきもちがゆるんだ。

白馬《しろうま》は、しずかに立っている。

つるは、思いきり伸《の》ばした左手で、しっかりたづなをにぎりしめ、指にたてがみをまきつけた。

息をつめてじっとつるを見守っていた明成《あきなり》が、はじめてはげます。

「そう、次にからだにはずみをつけて。

大きくけって、大きくけって。

思いっきりはずんで。

そのはずみで

飛び乗る。」

明成《あきなり》のことばにはげまされ、つるは、何もかも忘《わす》れて、馬に取り組む。

「それ、姫《ひめ》さま。」

「やっ。」

飛び上がっては、背《せ》に乗りそこなうつる。

馬の背《せ》は、なかなかに高いものだ。

「それ、もう一度、姫《ひめ》さま。

はずみをつけて、土をけって。」

「やっ。」

やがて、つるは、自分の身が、たかだかと馬の背《せ》のくらに、またがっているのを、知った。

(やっと、乗れた。)

つるのふっくらしたほほはあかくそまり、形のいいひたいには、汗《あせ》がにじんでいる。

つづいて、明成《あきなり》は、一声かけた。

「はいよっ。」

黒馬は、砂浜《すなはま》に輪《わ》をえがいて、とっとっとっとっとっとと、かろやかにかけだした。

次は、馬を歩かせます。

ひざがしらに力を入れて、腹《はら》をしめてやるのです。」

「姫《ひめ》さま。

うなずいて、つるはいわれるとおりにする。だが、馬はうごかない。

明成《あきなり》が、後ろから馬を近づけてきた。

「それ、それ、それ、
はい、はい、はい、はい。」

明成《あきなり》は、しきりと白馬《しろうま》に声をかけていたが、また、つるにいった。

「では、姫《ひめ》さま。

かかとで、ぽうんと腹《はら》をけってみて下さい。あまり強くけっては、いけませんよ。」

なかなか馬をうごかせないつるは、いささかあせりはじめた。こんどこそはと、つるは、両足のかかとに力を入れ、馬の胴《どう》を、ぽうんとけった。

「あっ。」

にわかに、白馬《しろうま》は、走りだす。

たいへんないきおいで、砂《すな》をける。

岸べの水が、しぶきをあげる。

「きゃあ。」

さすがのつるも、青くなってさけぶ。

馬は走る、走る、走る。

春は三月のころ。

島には、桜《さくら》、もも、れんぎょう、つばき、ぼけが一度に咲《さ》きそろい、足元では、れんげ、はこべ、すずめのえんどうが、小さな花をきそう。

みかんの花のつぼみも、ふくらみはじめた。

花と楠《くす》の森の島の川、台本川《うてなほんがわ》の土手を、白馬《しろうま》と黒馬が、かけていく。澄《す》んだ川面《かわも》を、白馬《しろうま》と黒馬の影《かげ》が、さかのぼる。

川岸で魚釣《さかなつ》りをしていた童《わらべ》たちが、目を丸《まる》くして、二人を見送る。

「あれえ、お城《しろ》のつる姫《ひめ》さまじゃあ。」

「白馬《しろうま》で、飛んでいきなさる。」

つるは、馬の上から、童《わらべ》たちにほほえむ。

その心は、ふと今治《いまばり》の里に飛ぶ。川であそんでいたみのや彦《ひこ》たちのこと。そして、母のやさしい面影《おもかげ》。

(かあさまは、どうしておられるだろう。

お目にかかりたいものじゃなあ。)

けれども、ひづめの音も高く走る馬の背《せ》では、思い出はすぐ風に消える。

春の風に、つるの白い袖《そで》がひらめき、長い髪《かみ》が流れ、白馬《しろうま》の尾がなびく。

潮《しお》のにおう川風を切って、明成《あきなり》の紺《こん》の袖《そで》と白いひもで結《むす》んだ髪《かみ》がゆれ、黒馬の尾がひゅうと鳴る。

新田や村を、過《す》ぎた。

松並木《まつなみき》の土手を、どんどん川上に向かう。

右に鷲ヶ《わしが》頭山《とうやま》、左に安神山《あんじんやま》が迫《せま》ってくる。

川はやがて谷川となり、土手は細い山道となる。

つるは、白馬《しろうま》にいつも自分の心を、伝えていた。自分の足で山道をのぼるつもりで、気をつけ、はげまし、なぐさめ、馬をすすめる。つるは、いつのまにやら、馬を思うままうごかすすべを、悟《さと》っていた。

つるの白馬《しろうま》を後ろから見守りながら、馬をすすめている明成《あきなり》は、ひとりつぶやく。

(なんと、感心な姫《ひめ》さまじゃ。

半年たつかたたぬうちに、馬の極意《ごくい》を悟《さと》ってしまわれた。

人はだませても馬はだませぬとか。

姫《ひめ》さまは、ただものではない。

まったくたいした姫《ひめ》さまじゃ。)

山道がつきて、流れが終るところに、高い岩からまっすぐ落ちる滝《たき》が、ある。

「姫《ひめ》さま。

これが、入日《いりひ》の滝《たき》です。」

馬に水を飲ませ、むしりとった草で背《せ》の汗《あせ》をふいてやりながら明成《あきなり》が、大声でつるに知らせる。

「入日《いりひ》の滝《たき》。

美しい名前じゃのう。」

袖《そで》でほほの汗《あせ》をそっとおさえながら、つるはじっと滝《たき》を見上げている。

こけむして迫《せま》り合う高い岩肌《いわはだ》を、一気に舞《ま》い散《ち》る水の流れ。白い水しぶき。滝《たき》。

「とうさまも、この滝《たき》にあそばれたことだろうなあ。」

つるは、いつもお守りのように腰《こし》にさしている、今は父の形見《かたみ》となってしまった横笛《よこぶえ》を、しずかに抜《ぬ》き取り、くちびるにあてた。

そして、水しぶきにぬれる岩のかたわらに立ち、かすかに目をとじる。

笛《ふえ》が、鳴りはじめた。

岩にしぶく滝《たき》の音をくぐって、つるの吹《ふ》く笛《ふえ》の音が、春の山に、ひょうひょうと、こだましていく。

われを忘《わす》れて笛《ふえ》を吹《ふ》くつるの横顔が、折からさしかかるひとすじの夕日の光に、金色に浮《う》かび上がった。

明成《あきなり》は、二頭の馬のたづなを一つにとってにぎりしめたまま、立ち止まってしまった。

馬も、水を飲むのをやめて、みじろぎもせず、耳をたてている。

入日《いりひ》の滝《たき》にも、金色の光が散《ち》る。

まぶしくかがやく滝《たき》を背《せ》に、しずかに笛《ふえ》を吹《ふ》く白小袖《しろこそで》のつるの姿《すがた》は、今、天から降《お》り立ったばかりの女神《めがみ》を思わせた。

水しぶき

ひろびろと障子《しょうじ》をあけはなった城《しろ》の夏座敷《なつざしき》では、このところ毎朝、一つの机《つくえ》を中に、つると明《あき》成《なり》が向かい合っていた。

障子《しょうじ》のそとの松の木に、じいじいとあぶらぜみが鳴く。

「姫《ひめ》さま。

明成《あきなり》は、父からこんな話を、ききました。」

明成《あきなり》は、きちっとそろえたひざに手をおき、つるをまっすぐに見つめて語りだす。

十三の明成《あきなり》が十一のつるに、『三島水軍《みしますいぐん》の心得《こころえ》』を、いっしょうけんめいつたえている。

それは明成《あきなり》が今までに、城主安房《じょうしゅやすふさ》や井《い》ノ口《くち》の小海城《こうみじょう》の父から教えられた、海を守るものの知恵《ちえ》であった。

つるも、つぶらなひとみを、ひたと明成《あきなり》にそそぐ。

「島を守るとは、海を守ること。

海を守るいくさは、たくさんの船と船とのたたかいです。船でたたかう武者《むしゃ》のことを水軍《すいぐん》といいます。」

「それで、このあたりの島々のつわもののことを、三島水軍《みしますいぐん》というのじゃな。」

「そのとおり。

そこで姫《ひめ》さま。

水軍《すいぐん》に何より大切な心得《こころえ》は、皆《みな》で心を合わせること、団結です。

ただひとりだけのつわものが、いくら剣《けん》にすぐれていようとも、船をあやつるものがいなければ、役にはたたぬ。

船をあやつるものがうまくとも、弓《ゆみ》を引くものが力なければ、いくさは負ける。

ひとりひとりが、それぞれのわざをみがき、その力を合わせてこそ、強い水軍《すいぐん》となり、島を守ることができるのです。」

つるは、大きくうなずく。

「それゆえ、水軍《すいぐん》をひきいる将《しょう》は、つわものひとりひとりが、その得意《とくい》なわざを、思うぞんぶん出せるよう、心つかわなくてはならないと、この城《しろ》の殿《との》が、いつもいっておいでです。」

「水軍《すいぐん》の将《しょう》は、ただおのれひとりいばってみても、しょうがない。

何よりまず、人の心をつかみ、そろえねばならぬということか。」

ぴたりと話を受け止める、つるのすばやい頭のはたらきに、明成《あきなり》はおどろいた。

「ようおわかりじゃ、姫《ひめ》さまは。

今の三島城主《みしまじょうしゅ》にもしものことでもあれば、この城《しろ》の主は、そなた、姫《ひめ》さま。

この話、しかと心にお留《と》めください。」

その時。

座敷《ざしき》の廊下《ろうか》に、大きな人影《ひとかげ》が立った。

「ようゆうた、明成《あきなり》。

つる、今の話、しっかり心にきざんでおけよ。」

声の主は、日焼けしたたくましいほほに、案外《あんがい》やさしげなほほえみを浮《う》かべて、先ほどから二人のようすをうかがっていた、城主《じょうしゅ》の安房《やすふさ》だ。

「つる、明成《あきなり》。

ここへ。」

安房《やすふさ》に呼《よ》ばれた二人は、肩《かた》を並《なら》べて窓《まど》ぎわに立つ。

窓《まど》のかなたには、夏の海がまぶしくかがやき、まむかいに、小横島《こよこじま》、大横島《おおよこじま》のみどりの島影《しまかげ》がかすむ。

「さきほど明成《あきなり》は、島を守るには海を守らねばならぬというていたな。ところで、海を守るということは、海をよく知ることから始まる。そこでじゃ、明成《あきなり》。」

安房《やすふさ》は、海を指さす。

「あすは、あの小横島《こよこじま》から大横島《おおよこじま》、大崎下島《おおさきしもじま》の御手洗《みたらい》のあたりまで、舟を出し、このつるに、島のこと潮《しお》のことなど、おしえてやってはくれぬか。」

「えっ、舟を出すのか、にいさま。」

つるは、おどり上がる。

「そうじゃ。わしがつれていってやれるとよいのだが、なかなかそうもしておれぬ。だが、明成《あきなり》なら、わしの代わりがりっぱにつとまる。」

「はい、かしこまりました。」

またまたどっしりと重いあたらしい大仕事を、あっさりとまかされたほこらしさに、明成《あきなり》は、口をひきしめる。しかし、その目には、おさえきれない喜びが光った。

「おお、そうじゃ、明成《あきなり》。

その折には、大三島《おおみしま》の南の岬《みさき》にある宗方城《むなかたじよう》にも寄り、城主鳥生貞元《じようしゆとりうさだもと》に、あいさつを忘《わす》れぬよう。」

安房《やすふさ》は、はじめ、からかい半分にあつかっていたつるが、城《しろ》の暮《く》らしにすっかりなじんだばかりか、まるでかしこい少年のように成長していく姿《すがた》を見て、いつしかたのもしくさえ思うようになっていた。

(父上が、つねづねいわれていたとおり、世のうごきは、日に日にむずかしゅうなりおる。この三島城《みしまじよう》にも、わしのあとを継《つ》げるものを育てておかねばなるまい。まだ妻《つま》もめとらぬわしには、子もないとなると。つるによろいをつくっておいてやれと、われら兄弟《きようだい》にのみ、ひそかに遺言《ゆいごん》された父上のことばには、思いがけぬ深い考えがこめられていたのやもしれぬな。)

安房《やすふさ》は、しばらくの間、海の遠くを見やったまま、うごかなかった。


夜明け前の、まだほのぐらい海である。

三島江《みしまえ》の宮浦《みやうら》の入江《いりえ》には、乳母《うば》のかねが立ち、何やらしきりにくどきながら、見送っている。

「お姫《ひ》いさま。

くれぐれも、お気をおつけ下さいましよ。

明成《あきなり》どの、よろしゅうおねがいいたしますよ。

のうのう、三郎じいよ。つる姫《ひめ》さまには、どうぞ心つかってさしあげて。」

三郎じいと呼《よ》ばれた六十すぎかと見える老人は、潮焼《しおや》けのしみついたほほに、くっきり深いしわを寄せて、ゆっくりとうなずいた。

そして、いかにもものなれた力強い手つきで、かじを海へさしこんだ。

「はいよっ。」

この朝のつるは、髪《かみ》を高く白いひもでしばりあげ、白麻《しろあさ》の小袖《こそで》の上に青いみじかばかま。同じような身なりの明成《あきなり》とは、兄と弟のように見える。

つるは、城《しろ》にきてからというもの、洗いさらしの白小袖《しろこそで》と質素《しっそ》なはかましか、身につけたことがない。はなやかな染《そ》めの絹小袖《きぬこそで》のことなど、思いだすことさえなかった。

まっかな朝日が、のぼる。

明成《あきなり》は、舟のへさきに立ち、ぐいと厚い胸《むね》をはると、朝焼けの海に向かって、大声でとなえはじめた。

「帆《ほ》は、こころ
かじは、かけひき
ろは、足手
船もかわら（竜骨《りゅうこつ》）も、わが身なりけり」
耳をすまして、ききいるつる。
「姫《ひめ》さま。
船に乗るものは、身をあずける船を神とも思っています。
今のことばは、船で出陣《しゅつじん》する時にとなえる、船霊《ふなだま》をやすめるためのことばです。」
つるも、声に出してとなえた。
「帆《ほ》は、こころ
かじは、かけひき
ろは、足手
船もかわらも、わが身なりけり」
しばらく考えこんでいたつるは、やがて明成《あきなり》をふりあおいだ。
「のう、明成《あきなり》。

ひとが船をあやつる時のこころも、ひとが馬に乗る時のこころも、こころは同じかと、つるは思う。

どちらも、わが身をあずけているものとは、こころをひとつにせねばならぬ。

「姫《ひめ》さまは、かしこい。」

明成《あきなり》も、いつもそう思っておりました。」

熱心に語り合う少女と少年のことばを、きくともなしにきいている三郎じいの目尻《めじり》の深いしわが、ほほえんだ。

大三島《おおみしま》の南の岬《みさき》をまわれば、島の南の海を守る宗方城《むなかたじょう》が、そびえ立つ。やや小づくりながら、がっちりとしたかまえだ。

つるは明成《あきなり》を後ろにしたがえて、城主鳥生貞元《じょうしゅとりうさだもと》の前に手をつく。

「三島城城主《みしまじょうじょうしゅ》、祝安房《ほうりやすふさ》の妹つるでございます。

きょうは、このあたりの島めぐりの途中《とちゅう》、ごあいさつに寄らせていただきました。」

「これは、ごていねいに、おそれいります。

それにしても、つる姫《ひめ》どの。

大きくなられたのう。

先代大祝《せんだいおおほうり》さまのおられるころ、あの春の大祭でお見かけした折の姫《ひめ》は、まだほんに小さいあいらしいお姿《すがた》だったのに。

えっ、おぼえておいでか、この貞元《さだもと》を。」

やさしくつるを見つめる貞元《さだもと》は、年のころならちょうど、なくなった父安用《やすもち》と同じほどかと思われる。つるは、この貞元《さだもと》が、一目で好きになった。

「では、きょうは、ごあいさつだけにて、失礼《しつれい》いたします。」

引きさがる二人に、貞元《さだもと》は、冷やしたうりのかごを贈《おく》った。


舟は、三ツノ小島、大下島《おおしもじま》を過《す》ぎて、大崎下島《おおさきしもじま》の御手洗《みたらい》の港へと、向かう。

太陽が、だんだん頭の真上《まうえ》にのぼっていく。急に、潮《しお》の流れが、きつくなった。

「姫《ひめ》さま。

このあたりのように、島と島との間で、ことさら潮《しお》の流れのはげしいところを、瀬戸《せと》といいます。

ほれ、姫《ひめ》さま、ごらんなさい。

潮《しお》が、渦《うず》をまいておりましょうが。」

なるほど、海面のあちこちには、ぐるぐると大きく無気味《ぶきみ》な渦《うず》をまく潮《しお》がある。しかも、その流れる方向はさまざま。渦《うず》のまくところには、風も出れば、暗礁《あんしょう》も多いので、流れが入り組むのだ。

「のう、三郎じい。

こんなに渦《うず》がまいているのに、じいは、どうして、そんなにまっすぐ舟があやつれるのじゃ。」

「それはの、お姫《ひ》いさま。」

しわがれ声で、三郎じいが語りだした。

「わたしら、六十年もこの海で生きてきたものは、この海の底の底まで、よう知っております。渦《うず》のまくところには、その海底に、必ず大きな岩がある。どこにどんな岩があるか、よく知っておれば、むずかしい潮《しお》の流れは、かえって、海のよい道しるべとなりますわ。ああこの渦《うず》は、あの岩のあたりだから、今この舟は、どこそこを通っているのだなとのう。

どれほどきつい渦《うず》のまく、けわしい潮《しお》の流れの中でも、海をよう知っておれば、必ず一本は、舟の渡《わた》れる潮道《しおみち》というものが、ありますのじゃ。

ところが、海の底を知らぬものにとっては、こんなむずかしい潮《しお》は、まず命とりにしかなりませぬ。」

明成《あきなり》が、ことばを受けつぐ。

「だから、姫《ひめ》さま。

水軍《すいぐん》は、こういう潮《しお》の流れのむずかしいところに、力を集めます。

敵《てき》の船が攻《せ》めてきたら、なるべくけわしい瀬戸《せと》に追いこむことです。」


瀬戸内《せとうち》の海には、人の住まない島が、大小合わせて二百近くもあるという。

にぎやかな御手洗《みたらい》の港をまわって、とある小さな島の磯《いそ》に、三郎じいが舟をとめたのは、ちょうどまひるどきだった。

「お姫《ひ》いさま。

この島は、じいがとっておきの島ですわ。」

三郎じいが、とくい顔で、にっこりいう。

「人はおらぬし、けしきはよいし、おまけにうまい清水《しみず》が湧《わ》く。まるで竜宮城《りゅうぐうじょう》じゃ。

ここで、ひるめしといたしましょう。

さっ、おりなされ、おりなされ。」

「おう。」

「わあ。」

さけび声をあげ、水しぶきを飛ばして、とびおりる、はだしのままのつると明成《あきなり》。

波打ちぎわからずっと沖《おき》の方まで、透《す》きとおった海底には、海草がゆらぎ、魚が走る。

白い砂浜《すなはま》には、ゆったりと波がうちよせ、こんもり茂《しげ》った松《まつ》や楠《くす》が、崖《がけ》の下に涼《すず》しい陰《かげ》をつくる。

流れ木をあつめて、火を燃す三郎じい。

用意した釣《つ》り糸をたれて、魚を釣《つ》る明成《あきなり》。

茂《しげ》みの奥《おく》の泉から、手桶《ておけ》に水をくむつる。

三郎じいは、明成《あきなり》の釣《つ》りあげた魚に塩をふり、木の枝《えだ》にさして、火にあぶる。うまそうなにおいが、島中にひろがる。明成《あきなり》は、舟から、かねのしたくした重箱《じゅうばこ》を、はこぶ。

波が、さぶんさぶんと、岩にくだける。

三人とも、あまりのたのしさに、ことばを忘《わす》れていた。

木陰《こかげ》が涼《すず》しい崖下《がけした》の砂浜《すなはま》に、にぎりめしの重箱《じゅうばこ》や煮《に》ものの包み、焼きたての魚や、冷たい水の手桶《ておけ》が並《なら》ぶ。

「さぁ、姫《ひ》いさま、明成《あきなり》どの。

どんと、めしあがれ。」

「ああ、おいしそうじゃ。」

右手ににぎりめし、左手に焼き魚、思いきりほおばるつる。

「おう、腹《はら》がへった、腹《はら》がへった。」

息もつがず、にぎりめし七つ、魚五匹《ひき》、一気にたいらげる明成《あきなり》。

三郎じいも、若いものに負けはせぬと、魚の頭にかじりつく。

夏の潮風《しおかぜ》に吹《ふ》かれ、汗《あせ》をいっぱいかきながら食べる磯《いそ》のひるめしは、どんなごちそうよりうまいと、つるは思った。

食べに食べて腹《はら》が満ちたつるは、明成《あきなり》や三郎じいをまねて、どっしりあぐらをかく。

「こりゃ、たいへんなお姫《ひ》いさまじゃ。」

三郎じいが笑《わら》うと、つるは澄《す》まして答えた。

「つるは、若《わか》さまだもの、ちっともかまわぬ。のう、明成《あきなり》。」

「いや、いや。」

めずらしく明成《あきなり》が、つるをからかう。

「明成《あきなり》の目には、やはり、お姫《ひ》いさまと見える。」

「なんじゃ、つまらぬ。

せっかくつるが、明成《あきなり》どのの弟若《おとうとわか》さまになったつもりでいるのに。」

「はっはっはっ。

姫《ひめ》さまに、明成《あきなり》どのなどといわれると、何だか少しえらくなったような気がします。」

そして、あっはっはと、三人の笑《わら》う声が、島にこだました。

その時、どうしたはずみか、岩の上にのせてあったうりのかごがころげ、海に落ちた。

きいろいうりが、青い海に浮《う》かんで流れる。

「これは、もったいない。」

小袖《こそで》とはかまをぱっとぬぎすてた明成《あきなり》は、海へとびこむと、すばやく抜《ぬ》き手を切った。

そして、一つひろっては、つるに投げる。

「そうれ、姫《ひめ》さま。」

「はいよっ。」

つるが、受け取る。

も一つひろっては投げる明成《あきなり》、受けるつる。まもなく、うりはすべてひろい上げられた。

うりを投げ終った明成《あきなり》は、磯《いそ》にもどらず、そのまま海のまん中へ向かって、泳ぎでていった。

大きな魚が泳ぐように、速い。

(なんと、みごとな明成《あきなり》の泳ぎぶり。)

見とれていたつるが、つと小袖《こそで》の帯《おび》を解きはじめた。三郎じいは、あわてて止める。

「何となさるおつもりじゃ、お姫《ひ》いさま。」

「つるも、泳いでみたい。」

「それは、なりませぬ。

やめなされ、姫《ひめ》。」

「なぜ、ならぬ、じい。」

思いがけぬほどきつく、三郎じいにたしなめられ、つるはおどろいた。

「決まっております。

お姫《ひ》いさまは、りっぱな娘《むすめ》ごじゃから。」

つるは、きゅっと眉《まゆ》を寄せた。そして、帯《おび》を力まかせにしめなおすと、高い崖岩《がけいわ》に、かけのぼった。崖《がけ》の上は、風が涼《すず》しい。

つるは、髪《かみ》をほどいて、風に流した。

やがて、何も知らぬ明成《あきなり》が、磯《いそ》へ上がってくる。がっちりとした肩《かた》、よく張った胸《むね》、きりっとひきしまった手足。くろぐろと日に焼けた少年のたくましいはだが、水しぶきにぬれてかがやく。さっと髪《かみ》をふり、水しぶきをとびちらせながら、明成《あきなり》は、崖《がけ》の上に立つつるに、手をふる。まっ白な歯が、きらっと光った。

つややかな長い黒髪《くろかみ》をたなびかせて、つるも手をふる。ひらめく白小袖《しろこそで》が、浜木綿《はまゆう》の花に似《に》ていた。

三郎じいは、木陰《こかげ》でねむりこけている。

入道雲《にゅうどうぐも》が、島々のかなたに、大きく峰《みね》をつらねてそびえ立つ、ひるさがりだった。

「三郎じい。

帰りは、明成《あきなり》が、かじをとろう。じいは、やすんでいた方がよい。」

「おそれいります、明成《あきなり》どの。」

「はっはっは、かまうな、じい。」

さすが年なのか、帰りの舟の三郎じいは、何か思い出す風情《ふぜい》で、海ばかり見つめ、何もいわぬ。

「三郎じい、つかれたのか。」

たずねるつるに、三郎じいは答えた。

「昔はなんの、わしとて三月《みつき》や四月《よつき》、舟をこぎづめにこいだとて、どうということなんぞ、ありませんでした。

わしらはのう、お姫《ひ》いさま。

この瀬戸内《せとうち》の海を出て、そりゃもうはるかなはるかな海のかなたに、遠い唐《もろこし》の国へまでも行ったもんじゃ。」

三郎じいは、目をとじて、うたいだす。

「　三年経《みとせへ》ん　唐《もろこし》までの舟の道
　　須磨《すま》にてきけば　海のあらなみ
　泊り舟《とまりぶね》　浪《なみ》にゆらるる床《ゆか》の上
　　きょうもきょうもと　道をこそ行く。

こりゃ、だれのうただったかのう。

あのころは、荒《あら》っぽいこともやったが、そりゃあもう、勇ましいもんじゃった、わしらみな。

いつかこの話、とくりと語って進ぜましょうのう。」

大あくびを二つつづけると、三郎じいはまた、うとうとねむりはじめた。

いつしか、海はたそがれていく。

朱《しゅ》と金のさざなみで海が燃え上がるような夕焼けに、つるは、だまって見ほれている。

炎《ほのお》の色に暮《く》れる海に、帰りを急ぐ舟の影《かげ》が三つ四つ、くっきりと黒い。

大三島《おおみしま》の島影《しまかげ》をま向かいに見る小横島《こよこじま》の瀬戸《せと》にさしかかると、明成《あきなり》は、舟をこぐ手をとめた。

「りりいん、
　りりいん、
　　りりいん」

海の底からだろうか、ふしぎな鈴《すず》の音がひびいてくる。

「あれ、鈴《すず》の音が。」

「あれは、海鈴《うみすず》の音です。

なぜか、この島の瀬戸《せと》でだけ、鳴るのです。」

海鈴《うみすず》とは、海の底を逆《さか》さに流れる潮《しお》が、たがいにすれ合って鳴る音だという。

つるは、「りりいん、りりいん」と鳴る、はるかな涼《すず》しい音に耳を傾《かたむ》けながら、それが、海の底からきこえるのか、自分の心の底からきこえるのか、わからなくなるのだった。

とげ

つるが、三島城《みしまじょう》へきて、早くも一年。

今治《いまばり》の屋敷《やしき》にいたころは、おいしいごちそうと、はなやかな絹小袖《きぬこそで》につつまれ、母や女たちのこまやかな心づかいで、育てられていたつる。そのつるも、今では、粟雑炊《あわぞうすい》や麦めし、ぶっきりの魚や海草や貝や野菜を煮込《にこ》んだ汁《しる》など、城《しろ》のつわものたちと同じ粗末《そまつ》な飯《めし》の味になじみ、少年めいたかざりけのないよそおいも、すっかり身についた。

こんがり小麦色《こむぎいろ》に焼けた、まろやかなほほ。いつも海のように明るく澄《す》むひとみ。高くきりりと結び、豊かに背《せ》にゆれる髪《かみ》。

さわやかな潮風《しおかぜ》にさらされて、のびのびとすこやかに育っていくつるだった。

城《しろ》の中では、海の見える座敷《ざしき》で、明成《あきなり》と二人、机《つくえ》に向かい合い、書を読み筆を習うつる。

城《しろ》の庭では、城主《じょうしゅ》の兄や明成《あきなり》や大ぜいのつわものたちにまじって、おとらず弓《ゆみ》や剣《けん》や槍《やり》のわざをみがくつる。

そして、大三島《おおみしま》の海岸を、森を、野山を、黒馬とくつわを並《なら》べてかけめぐる白い馬。

土をけるかろやかなひづめの音がひびくと、島のこどもたちは道へとびだして、声をかける。

「城《しろ》のお姫《ひ》いさまぁ。

つる姫《ひめ》さまぁ」

時には、こどものさしだす柿《かき》やみかんをともにわけあって食べる、さっぱりした気性《きしょう》のつるは、いつともなく島の人気《にんき》ものになっていた。


その秋の午後。

白馬《しろうま》と黒馬は、安神山《あんじんやま》のふもとへと、たてがみをなびかせていた。

銀色のすすきの原には、赤とんぼが群《む》れをなし、小みかんのたわわな黄と、もみじのくれないが空と海の青さに映《は》える。

うっそうと楠《くす》の茂《しげ》る大山祇神社《おおやまずみじんじゃ》の裏手《うらて》の森、安神山《あんじんやま》のふもとに馬をつなぐと、二人は、安神山《あんじんやま》のいただきにある見張り砦《とりで》へと、急な山道をのぼりはじめた。

さくさくと鳴る枯葉《かれは》。松や楠《くす》に吹《ふ》く風のざわめき。松と楠《くす》とかすかな潮《しお》のかおりを胸《むね》いっぱいに吸《す》って、二人は、だまってのぼりつづける。

ふと、つるが立ちどまり、茂《しげ》みの奥《おく》を指さした。

「あっ、くりじゃ。

くりがなっている、ほら、あの枝《えだ》に。」

先に立っていた明成《あきなり》は、ふり返って笑《わら》った。

「姫《ひめ》さまは、くりがおすきか。」

「だいすきじゃ。」

「では、取ってあげよう。」

がさがさっと、すばやく茂《しげ》みをかきわけ、くりの木の太枝《ふとえだ》に足をかけると、手を伸《の》ばし、いがぐりをもぎとろうとした明成《あきなり》は、小さくさけんだ。

「あっ、いたい。」

するどいいがのとげが、明成《あきなり》の右手の人さし指に、ぐさりとささった。そのとげのことはいわず、明成《あきなり》はつるへ、くりの枝《えだ》をさしだす。

「それ、くりじゃ、姫《ひめ》さま。」

枝《えだ》をさしだす明成《あきなり》の指から、赤く血がにじむ。枝《えだ》を受け取ろうとして、つるは、明成《あきなり》の指の血に、気づいた。

「あっ、血じゃ。」

「かまいません。

ちいと、とげがささっただけじゃ。」

何げなく後ろにかくそうとする明成《あきなり》の右手を、つるは、つと取ると、やわらかなくちびるにその人さし指をくわえ、にじむ血を吸《す》った。それは、幼《おさな》いころ、けがをしたつるに、母がいつもしてくれたことだった。

「かまわぬっ。」

さっと引こうとする明成《あきなり》の右手を、つるはしっかりわきにかかえこみ、心配げに眉《まゆ》を寄せる。

「おお、大きなとげじゃ。

だいぶ、ふかくささっている。」

がっちり固い明成《あきなり》の右手を、そっと袖《そで》にくるんだつるは、そのやわらかなすばしこい手のつめで、すいととげを抜《ぬ》きとった。

「ほれ、こんなに大きなとげ。

くりのいがじゃ。

いたかっただろうな、明成《あきなり》。」

つるは、とげをつまみ上げ、明成《あきなり》をふりあおいでほほえむ。

すると、なぜか明成《あきなり》は、ぱっと首まであかく、血をのぼらせた。そして、まるでおこったように礼さえいわず、くるりとくびすを返し、山道を走りだした。

（おかしな明成《あきなり》じゃ。）

つるは、何やら合点《がてん》のいかぬまま、やはり山道を走った。

安神山《あんじんやま》のいただきには、高く岩を積みかためた上に太い材木で組んだやぐらが、ある。島の内外、そして大三島《おおみしま》のまわりの海を、一目に見渡《みわた》せる見張り砦《とりで》だ。

明成《あきなり》とつるが、砦《とりで》につくと、ひげづらの見張り番が三人出てきて、頭をさげた。

「これは、明成《あきなり》どのに、つる姫《ひめ》さま。

わざわざ、ようお越《こ》しなされました。」

「いや、見張り方、ごくろう。」

明成《あきなり》が、低くあいさつをおくる。こんな時の明成《あきなり》は、少年とはいえ、さすが大三島《おおみしま》の裏手《うらて》を守る井《い》ノ口《くち》の小海城城主《こうみじょうじょうしゅ》の息子《むすこ》らしく、どっしりといかめしい。

「砦《とりで》に、案内せい。」

高い石段をのぼりつめると、人ならば四、五人がせいぜいというせまさの物見台に出る。

「ああ、いいながめじゃ。」

つるが、目をかがやかせる。

明成《あきなり》は、つるの横に立ち、かなたを見る。

「このま向かいの右手の小島が、小横島《こよこじま》。

その横が大横島《おおよこじま》。二つの島の後ろに長くのびる島影《しまかげ》が大崎下島《おおさきしもじま》。」

「あのあたり、夏に、舟で通ったのう。」

「はい。」

「あの小横島《こよこじま》の瀬戸《せと》で、海鈴《うみすず》が鳴っていたものじゃ。りりん、りりんとな。」

たのしげなつるを、ぴしりとはねのけるように、明成《あきなり》はいう。

「夏は、もう終った。

さて、姫《ひめ》さま。

宮浦《みやうら》の北に長く出ている岬《みさき》が、鏡山《かがみやま》。

鏡山《かがみやま》の西の海に、ぽつんと小さく浮《う》かぶのが、神殿島《しんでんじま》。あの神殿島《しんでんじま》と大三島《おおみしま》の間には、金剛礁《こんごうしょう》といわれるけわしい海岩が沈《しず》み、舟には、なかなかの難所《なんしょ》。

いざという折には、あれが敵《てき》を食いとめる最後の線となりましょう。」

秋は、日の落ちるのが、ひどく早い。

ついさきほどまで、あんなに明るかった海に、もう夕日が傾《かたむ》く。いっぱいに夕日を浴びて、いつまでも海に見入っているつるのくっきり美しい横顔に、明成《あきなり》が声をかけた。

「ずいぶん、おそくなってしまいました。

さっ、姫《ひめ》さま。

急いで、山を降《お》りなくては。

あまりおそくなると、安房《やすふさ》さまにおしかりを受けますぞ、姫《ひめ》さま。」

かねが心配して、城門《じょうもん》に立っておる姿《すがた》が、目にうつる。

「そうじゃ。

急ごう、明成《あきなり》。」

まもなく、つると明成《あきなり》の背《せ》は、見張り方たちに送られ、夕やみの迫《せま》る谷へ、まっすぐ消えていった。

二人の姿《すがた》が見えなくなると、見張りの男たちは、たがいに顔を見合わせて、いやしい笑《わら》い声をあげた。

「えっへっへっへ。

いやいやもう、つる姫《ひめ》さまと明成《あきなり》どのの、仲《なか》のよいこと、よいこと。

わしら、山の上のひとりものには、目の毒、気の毒じゃわい。」

「ほんにじゃ。

山にのぼってこられる途中《とちゅう》も、森の中で手をにぎり合ったり、何したり。よいところが、ちらと見えたわ。」

「こりゃ、何じゃ。

見張り方としては、城主《じょうしゅ》さまのお耳に、ちいと、おとどけしておかねばならぬのう。

一大事《いちだいじ》、一大事《いちだいじ》。」

つると明成《あきなり》は、とっぷりとやみに沈《しず》み始めた山を、息をはずませながら、一気にかけくだっていく。その二つの影《かげ》の上に、もうこぼれるほどの夕星が、光っていた。

海鳴りの章

正月

大楠《おおくす》にはりめぐらしたしめなわも白くまあたらしい、大山祇神社《おおやまずみじんじゃ》の正月の朝である。新年を祝《いわ》う祈《いの》りが終ると、神殿《しんでん》につづく館《やかた》の大広間では、瀬戸内《せとうち》のあちこちから招《まね》いた島々の主たちを客に、はなやかな正月の宴《うたげ》がはじまった。松をかざった床《とこ》の間《ま》を背《せ》に、まず大祝職《おおほうりしょく》の安舎《やすおき》が、右どなりに三島城主安房《みしまじょうしゅやすふさ》がすわる。つづいてその右どなりにすわろうと、つるが広間にすすみ入った時、「ほほう」と、大広間いっぱいに並《なら》ぶ客たちの間から、感嘆《かんたん》の声があがった。

きぬずれの音もあでやかに、十二単衣姿《ひとえすがた》のつるが、しずしずと座《ざ》につく。つややかな黒髪《くろかみ》が、ふくよかなほほから緋色錦《ひいろにしき》の打《う》ち掛《か》けの肩《かた》へとながれ、こころもち紅《べに》をさしたくちびるが、二枚のももの花びらのようにみずみずしい。

祝《いわ》いのさかずきがまわり、ひととおり新春のあいさつもすんだころには、大広間に集まったひとびとすべての目とほめことばが、ただつる一人に向けられた。

「これはこれは、なんとお美しい。」

「三島明神《みしまみょうじん》のお姫《ひ》いさまは、男もかなわぬ神童《しんどう》とうけたまわっておりましたが、そのお方が、こんなにおきれいなお姫《ひ》いさまとは。」

年老いた宗方城主《むなかたじょうしゅ》の貞元《さだもと》さえ、しわの深い目尻《めじり》にいつくしむような笑《え》みを浮《う》かべて、つるを見つめる。

「先代様《せんだいさま》がごらんあそばされたら、いかばかりおよろこびのことか。いや、年寄《としよ》りのじじも、つる姫《ひめ》さまを拝《おが》ませていただいたおかげで、この正月は一つ、年が若《わか》がえりましたぞ。

はっはっはっ。

さても、めでたいこと、めでたいこと。」

「いかにも、いかにも。」

客たちも、口をきわめてつるをほめたたえる。

「竜宮城《りゅうぐうじょう》の乙姫《おとひめ》さまのおなりか、天上界《てんじょうかい》の天女《てんにょ》さまのおくだりか。まことに目もさめるお美しさであらせられます。」

三人の若々《わかわか》しい兄妹《きょうだい》をかこんだ宴《うたげ》は、かたくるしさをやぶって、なかなかのにぎわいだ。雑煮《ぞうに》、口取《くちと》りにつづいて、山海の珍味《ちんみ》が、次から次へと運ばれ、正月の宴《うたげ》はたけなわ、さかずきのやりとりと笑《わら》いが、大広間を埋《う》めた。

一座《いちざ》のほめことばを一身にあびたつるは、ただなにげなく、おおどかにほほえむ。

けれどもその姿《すがた》からは、つる自身さえ気づいていない咲《さ》きそめる花にも似《に》た女らしさと、若竹《わかたけ》のようにしなやかな気品が、かがやくばかりににおい立つ。

二人の兄たちは、あらためてつるをながめなおし、思わず首をふった。

「いや兄上、正直《しょうじき》いって、けさのつるには、おどろかされました。」

城主《じょうしゅ》の安房《やすふさ》が、声をおとして、兄の安舎《やすおき》に話しかける。

「城《しろ》では、いつもみじかばかまなどで走りまわっておりますので、つい年端《としは》も行かぬこどもと思いすごしていましたが。」

こうしてつくづくうちながめると、わが妹ながら、どうしてたいした娘《むすめ》ぶりではありませぬか。

客人たちのほめことばも、あれはお世辞《せじ》ではなさそうじゃ。

のう。兄上。」

安舎《やすおき》も、ゆっくりとうなずく。

「まことに美しゅうなったものじゃ。早いものよのう、つるももう十二。

決して、童《わらべ》などとはいえぬ年。童《わらべ》どころか、女ならそろそろ縁《えん》むすびの話が、もちあがるものもある年ごろじゃ。

わしが、母上をくどいてつれてきてしまったつるだけに、いつまでも今のままでよいものかどうか、心にかかってならぬ。

実は……。

のう、安房《やすふさ》。」

何やら、ふと安舎《やすおき》のことばが、つまった。

「はい、なんなりと。」

さかずきをおいて、安房《やすふさ》は兄をうながす。

「うむ。

正月の朝から、いいたくはないが。

いやむしろ、年があらたまればこそ、これを機会《きかい》に、はっきり申した方がよかろう。」

「どのようなことでも。」

「つるの相手《あいて》をしてくれているという、あの明成《あきなり》のことじゃ。

そろそろ小海城《こうみじょう》の父上のもとに、帰した方がよいのではないかのう。いろいろと、耳に入れてくるものがあるのじゃ。

つるは、まだ何も知るまい。

が、二人とも、年ごろじゃ。今のうちにそれとなく、二人を離《はな》したいと思うのだが。

どうじゃ、安房《やすふさ》の考えは。」

「なるほど。」

安房《やすふさ》は、足を組みなおす。

「そういえば、わたしもつまらぬうわさを、耳にせぬわけでもなかったが、この安房《やすふさ》、城《しろ》の暮《く》らしが身について、つい何ごともおおまかになり、別に気にしてもおりませんでした。

まことに兄上のおおせのとおり、つるが何ごとにも気づかぬうちに、明成《あきなり》を小海城《こうみじょう》へもどすが、一番のてでございましょうな。

あの明成《あきなり》も、今では水軍《すいぐん》の若大将《わかだいしょう》として、りっぱに育った。

おあずかりした安房《やすふさ》も、ここで小海城主《こうみじょうしゅ》にお返し申しても、この顔が立ちます。」

ほっと安心の色を浮《う》かべながら、兄がたずねる。

「で、安房《やすふさ》。どのようなすべで返すのか。」

「はい。明成《あきなり》には、正月のあいさつに帰れとだけいうてもどし、その折、小海城主《こうみじょうしゅ》あての書状《しょじょう》を持たせましょう。

そのまま、そちらにお引き取りねがうようにとな。」

「うむ、それでよかろう。

では、あとは安房《やすふさ》にまかせるぞ。」

二人の兄は目顔でうなずき合い、ふたたび宴《うたげ》のにぎわいの中へ、はいっていった。

一方、つるは宴《うたげ》のはなやぎの中にもてはやされながらも、何かものたりなかった。

(明成《あきなり》の顔が見えぬが、どうしたのか。)

つるには、明成《あきなり》の顔のほかは、みなおなじつまらぬ顔にしか、思われないのだった。


ぽんと一つ、かん高い大鼓《おおつづみ》の音がひびき、庭にしつらえた舞台《ぶたい》で奉納能《ほうのうのう》が始まった。

ひとびとはみな、能を見るため、もうせんを敷《し》いた庭の座席《ざせき》へおりた。

しばらくのざわめきのあと、やっと静かになった人垣《ひとがき》の間に、つるははじめて、朝から心でさがしつづけていた明成《あきなり》の顔に出会った。

ゆたかな黒髪《くろかみ》を、まっ白な元結《もとゆ》いで高くきっちりと結《ゆ》いあげ、若草色《わかくさいろ》のひたたれを着た明成《あきなり》は、この朝で十四才。太い濃《こ》い眉《まゆ》の下にきらりとかがやくまなこで、まわりのすべての人影《ひとかげ》を切りはらうようにはげしく、まっすぐにつるを見つめている。

大勢のおとなたちの頭や肩《かた》を越《こ》えて、つると明成《あきなり》は、澄《す》んだひとみをしっかりと結び、遠く離《はな》れたまま、ほのかにほほえみ合った。

うららかに晴れ上がった瀬戸内《せとうち》の空に、能楽《のうがく》「羽衣《はごろも》」の一節が、舞い上がっていく。

「げに、うたがいは　人間にあり
　天に　いつわり　なきものを」

寒つばき

城門《じょうもん》のわきに、こんもり茂《しげ》った寒つばきの花があかい。

正月十五日、小正月のひるさがり。

寒つばきの木の下にある馬小屋の前では、一匹《ぴき》の猿《さる》をつれた猿曳《さるひ》きをかこんで、男たちが笑《わら》いさざめいていた。

白髪頭《しらがあたま》には布頭布《ぬのずきん》、筒袖《つつそで》のそまつな上着に腰《こし》みのをまいた猿曳《さるひ》きの老人が、片手の小太鼓《こだいこ》をとんとたたき、歯の抜《ぬ》けた口で大声をあげ、おどけた口上《こうじょう》をうたう。

「はいはい、わっし奴《め》は、旅まわりの猿曳《さるひ》きにてそうろう。

これなる猿《さる》は、姿形《すがたかたち》こそ畜生《ちくしょう》なれど、はるかなる常世《とこよ》の使い。

馬につく魔《ま》をはらい、その病《やまい》をなおし、傷《きず》をいやし、種《たね》をふやして、馬を守るもの。

さあて、ここなる馬は、なん頭《とう》。

されば、この猿《さる》に、その厄《やく》をはらわせてそろ、はらわせてそろ。」

すると、赤いちゃんちゃんこの猿《さる》は、榊《さかき》の小枝《こえだ》をかついで、馬小屋の前へすすみ、まじめくさって、その枝《えだ》をふる。

「わっはっはっ。」

見ている男たちは、腹《はら》をかかえての大笑《おおわら》い。猿曳《さるひ》きに小銭《こぜに》を投げては、口ぐちにいう。

「それ、おれの馬にも、たのむ、たのむ。」

にぎやかな笑《わら》い声をききつけて、つるが出てきた。そして、やはり笑《わら》っている三郎じいに、たずねた。

「三郎じい。あれは何じゃ。」

「猿曳《さるひ》きがのう、小正月《こしょうがつ》の馬の厄《やく》ばらいに、きておりますのじゃ。」

「おう、それでは、つるの白馬《しろうま》もたのもう。そうじゃ、明成《あきなり》の黒馬にも。」

明成《あきなり》は、どこか知らぬか、じい。」

三郎じいは、首をふる。

「はてのう。

しばらく、お見かけいたしませんのう。」

つるは、書院《しょいん》に走り帰り、かねを呼《よ》ぶ。

「かね、かね。」
「はいはい、お姫《ひ》いさま。」
つるが、声をはずませる。
「かねは、猿曳《さるひ》きを知っているか。
それは、おかしいものじゃ。
馬の厄《やく》ばらいをしてくれるとやら。
明成《あきなり》を、さがしておくれ。
明成《あきなり》とつるの馬にも、厄《やく》ばらいをねがおう。」
ところが、かねは口ごもって答えない。
つるは、じれた。
「かね、早く明成《あきなり》を、呼《よ》ぶのじゃ。
このごろ、少しも顔を出さぬではないか。」
かねは、思い切って、つるにいった。
「お姫《ひ》いさま。
明成《あきなり》どのはのう、お父上の城《しろ》、井《い》ノ口《くち》の小海城《こうみじょう》へ、帰られました。」

「それは、いつじゃ。」

「はてと、正月の二日だったでございましょうか。」

「正月のあいさつにか。」

「いいえ。

明成《あきなり》どのは、小海城《こうみじょう》のお父上のもとに、お帰りになったのですよ。

もう、三島城《みしまじょう》には、もどられますまい。」

「なんとっ。」

つるは、大きな目をくっきり見ひらいて、かねを、見つめる。

「かね、なんといった。

明成《あきなり》は、もうこの城《しろ》にもどらぬとな。」

「はい。」

困《こま》りきったかねは、もじもじと手をもむ。

「それは、きこえぬ。

なぜ、なぜじゃ。

明成《あきなり》は、なぜ、だまって行ってしまったのじゃ。」

「さあ、それは、かねにもわかりませぬ。」

「この三島城《みしまじょう》に、もうもどらぬなら、もどらぬと、別れのあいさつに参《まい》っても、よいはずではないか。

明成《あきなり》らしゅうもないことじゃ。」

つるは、波立つ心を、どうしようもない。

くるりと後ろを向くと、海に向かう障子《しょうじ》を、さっとあけ放った。冷たい潮風《しおかぜ》が、ぴしっとつるのほほを打つ。

（なんじゃ、明成《あきなり》など。）

鈍色《にびいろ》の冬の海に浮《う》かぶ島々が、いつしか涙《なみだ》ににじみ、海にとける。

つるは、きつくくちびるをかみ、窓《まど》べに立ちつくしていた。


そのあくる日から、つるは、ぷつりとものをいわなくなった。時折《ときおり》、ひとりで、的場《まとば》に弓《ゆみ》を射《い》たり、白馬《しろうま》で冬の野をかけめぐることはあっても、そのふっくらしたほほに、ほほえみは、こぼれない。

どうしたらよかろうかと、心くだいていたかねは、ある朝、そっとつるに耳打《みみう》ちした。

「のう、お姫《ひ》いさま。

明成《あきなり》どのにおもどりいただくよう、かねが殿《との》におねがいしてみましょうか。」

「いらぬことじゃ、かね。

明成《あきなり》など、おらぬでも、つるはなんともない。」

つるは、ほほにかかる髪《かみ》を後ろにふりはらい、つと横を向く。

いつにないことばつきのつるの、まつげが長い横顔を、かねは、しみじみとながめた。

(おかわいそうに。

お姫《ひ》いさまは、おさびしいのじゃ。

さびしくてならぬときほど、気がお強くなられる。

あんなに明るかったお目の色も、すっかり沈《しず》んでおしまいになって。)

まだあどけなさののこるつるの眉《まゆ》に、早くも、口に出せない苦しみを知るものの影《かげ》が、さす。

それが、つるの顔に、おどろくほどおとなびた色をそえるのを、かねは、胸《むね》のいたむ思いで、見守った。

その日暮《ひぐ》れ近く。

ひとり書院《しょいん》で字を習うつるのところへ、かねが、あつい茶ともちとみかんを持ってきた。

「ひとやすみなされませ、お姫《ひ》いさま。」

「ありがとう、かね。」

そして、つるは、すなおにあやまった。

「かね、さきほどは、きつく当たってしまった。ゆるしておくれ。」

「まあ、なにをおっしゃいますやら。

かねでよければ、たんとお当たりなさいまし。」

かねが、そのふとったやわらかそうな胸《むね》を、とんとたたく。

みかんの皮をむいていたつるが、ふとたずねた。

「かねは、なぜ子を、もたぬ。」

「はっ。」

思いがけないつるの問いだ。かねは、茶を注《つ》ぐ手をとめる。

「かねが、でございますか。

そうじゃのう、なぜでしょうか。」

「ずっと、ひとりできたのか。」

「いいえ、お姫《ひ》いさま。

むかしむかしは、かねにも夫《おっと》はございました。赤んぼを生んだことも、あります。」

「それが、どうして、ひとりに。」

「あれは、ちょうどお姫《ひ》いさまのお生まれになる二年前のこと。

大永《だいえい》二年の七月でした。

周防《すおう》の国の大内《おおうち》一族が攻《せ》め寄せた大三島江《おおみしまえ》の合戦《かっせん》で、夫《おっと》の舟が沈《しず》みました。

助かった人も多かったものを、夫《おっと》はそのまま。あの三島江《みしまえ》の、どこに沈《しず》んでいるものやら。」

「そして、赤んぼは。」

「夫《おっと》のなくなりました年の冬、ふとしたかぜをこじらせて、たった一晩《ひとばん》のうちに。

かえらぬ夫《おっと》を思うて、泣《な》きすぎて、かねの乳《ちち》が出なくなってしもうたのが、赤んぼの育ちを弱くしたのだと、みなが申しました。

かねが、十八になったばかりのころでございました。」

「どんなにか、かなしい思いをしたのであろうな、かね。」

つるの声音《こわね》に、やさしいいたわりがこもり、かねを涙《なみだ》ぐませる。

「かね、おたべ。」

きれいにむいたみかんを、つるはかねにさしだした。

「まあ、もったいない。

いただきます。」

かねの、ぽってりしたほほが、くずれる。

新しい年があけた小正月《こしょうがつ》から、この世に生きる女の、かなしみと苦しみに向かい、知らず知らずひらかれていく、つるの心の目があった。

つるは、またすずりに向かって、一心に墨《すみ》をする。その墨《すみ》のかおりが、涼《すず》しい。

「おお、そうじゃった、お姫《ひ》いさま。」

ひざをたたいて、かねが、明るく笑《わら》った。

「よいお話を、忘《わす》れるところでした。

殿《との》さまが、明日《あす》、安神山《あんじんやま》の森で、鹿狩《しかが》りをなさいます。ぜひ、お姫《ひ》いさまにも、ごいっしょなさるようにとの、おことづけでした。」

「それは、楽しみじゃ。」

久しぶりに、つるの顔が晴れる。

「では、今夜は早《はよ》うおやすみなさいまし。」

安神山《あんじんやま》のかなたこなたに、ときの声がこだまし、はげしく土をけるひづめの音が、はるかにきこえる。

つるは、いつのまにやら、城《しろ》のつわものの一団とはなれてしまった。つる一人、森の奥深《おくふか》くはいりこみすぎたらしい。

にわかに、するどい角《つの》を立てた大きな雄鹿《おじか》が、つるの行く手を横切った。

「おう。」

つるは、馬の胴《どう》をけり、弓《ゆみ》に矢をつがえる。

「ひょう。」

矢は、鹿《しか》の耳を射抜《いぬ》いた。

きずつけられたけものの怒《いか》りは、おそろしい。崖《がけ》ぎわに追いつめられた手負《てお》い鹿《じか》は、逆《ぎゃく》に、つるにおそいかかってきた。

血にそまった角《つの》。ぎらぎら光る目。

雄鹿《おじか》のたけだけしさにあおられ、白馬《しろうま》の足が乱《みだ》れる。しかし白馬《しろうま》も負けてはいない。たがいに、怒《いか》り狂《くる》った雄鹿《おじか》と白馬《しろうま》は、もつれ合い、争いながら、崖《がけ》ぎわを走る。

崖《がけ》から、小岩がくずれて落ちる。

「だれぞ、おらぬかあ。」

つるは、必死《ひっし》にさけぶ。

だが、あたりに人のけはいはない。

つるが馬から落ちて、雄鹿《おじか》の角《つの》にかけられるか。白馬《しろうま》もろとも、谷へなだれるか。

その時。

「ひょう。」

一本の矢が、みごとに雄鹿《おじか》の眉間《みけん》をつらぬく。つづいてもう一本が、その胸《むね》にとどめをさした。

どうと倒《たお》れた鹿《しか》は、そのまま谷へころがり落ちていった。

つるは、救われた。

すべては、ただ一瞬《いっしゅん》のことである。

つるは、乱《みだ》れる髪《かみ》のかげから、すばやく、矢の放たれた方を、ふりかえった。

森の木《こ》の間《ま》がくれに見えたのは、ひたとつるを見つめている、明成《あきなり》の火のように燃える目だった。

「あっ、明成《あきなり》。」

つるは、さけんだ。

「さらばじゃ、姫《ひめ》さま。」

だが、残したのは、ただその一声《ひとこえ》。

明成《あきなり》の馬は、音高く枯枝《かれえだ》をふみしだき、ほのぐらい冬の森の奥《おく》へ、走り去ってしまった。この日、三島城中鹿狩《みしまじようちゆうしかが》りのうわさを耳にした明成《あきなり》は、もしやつるに会えるかと、ひそかに小海城《こうみじよう》を抜《ぬ》けでていたのである。

つるは、弓《ゆみ》を投げ捨《す》てた。

そして、たづなをとりなおすと、白馬《しろうま》の胴《どう》を思いきりけった。

「白、走れっ。」

白馬《しろうま》は、冬の森を走る風となった。

明成《あきなり》のあとを追い、その姿《すがた》を求めて、つるは、声をかぎりに呼《よ》ぶ。

「明成《あきなり》い。

明成《あきなり》い。」

つるには、明成《あきなり》にいわねばならぬ心からの礼がある。そしてまた、ききたいこともある。なぜ、またも、だまって去っていくのかと。

しかし、もう森のどこにも、明成《あきなり》の影《かげ》はなかった。

つるのまなじりから、大粒《おおつぶ》の涙《なみだ》が、こぼれる。くやしいのか、かなしいのか、つるにもわからないはげしいものが、胸《むね》に吹《ふ》き上げ、まなこにあふれる。

つるは流れる涙《なみだ》をぬぐおうともせず、白馬《しろうま》のくびすを、返した。

白馬《しろうま》は、小雪の舞《ま》う台本川《うてなほんがわ》の土手を、城《しろ》へと走りつづける。

つるのまろやかなほほが、吹《ふ》きつける雪と止めどなく流れる涙《なみだ》で、あかく燃えた。

身と心が、強くゆすぶられた、そのあくる朝。

つるに、女のあかしが、おとずれた。

おのれから、したたり落ちるくれないのあざやかさを見つめながら、つるは、あまりおどろかなかった。

つるは、この日がいつかくることを、春になれば必ず芽吹《めぶ》く野の草にも似《に》た心で、いつとはなしに、知っていた。

瀬戸内《せとうち》の島々は白一面、早春の淡雪《あわゆき》にきよめられた朝であった。

ふるさと

二百十日、二百二十日と、打ちつづく嵐《あらし》が、まだ瀬戸内《せとうち》の海を、去りやらぬころ。たたかいの嵐《あらし》もまた、瀬戸内《せとうち》の海から四国の国々を、おそい始めていた。

ある朝早く、つるは、安房《やすふさ》の急な呼《よ》び出しで、大広間にかけつけた。

「つる。

たった今、伊予《いよ》の今治《いまばり》の屋敷《やしき》から、使いの早舟が、とどいたところじゃ。」

つるの眉《まゆ》が、さっと曇《くも》る。

「母上に、何かお変わりでも。

そして、使いは、なんと。」

「うむ。

伊予《いよ》の国の城《しろ》が、幕府《ばくふ》の細川晴元《ほそかわはるもと》・周防《すおう》の大内《おおうち》に攻《せ》められ、敗れたのじゃ。

その勢およそ二万。あまりの急な攻《せ》め手に、城《しろ》を守り切れず、伊予《いよ》の城主《じょうしゅ》・狩野《こうの》氏は、山にかくれたとか。

伊予《いよ》の村や里は、屋敷《やしき》や家を焼きはらわれるやら、田畑はつぶされるやら、野は、けが人死人であふれておると。」

「では、かあさまのお命は。

のう、兄上。」

「さいわい、母上のお命は、まずご無事《ぶじ》じゃとのこと。

だが、今治《いまばり》の里は、いやもう、むごいありさまという。」

「そこで、つる。」

「もし、兄上さま。」

という兄のことばに、つるのことばも重なった。

「おう、なんじゃ。

いってみい、つる。」

「つるは、かあさまのお見舞《みま》いに、帰りとう存《ぞん》じます。」

「そのこと。

わしが、いいたいのも、そのことじゃ。

ぜひ、そうしてくれ。

安房《やすふさ》も、母上をお見舞《みま》い申したいのだが、いつ何どき、どこから攻《せ》められるか、油断《ゆだん》のならぬ今、城主《じょうしゅ》としては、城《しろ》からは離《はな》れられぬ。

神殿《しんでん》を守る兄上とて、同じこと。

母上のもとに行けるのは、ただつる、そなた一人じゃ。」

「はい、わかりました。

すぐに、今治《いまばり》の屋敷《やしき》へ参ります。」

つるの後ろには、伊予《いよ》の負けいくさを気づかって、城中《じょうちゅう》の男たちが、ひしめき集まっている。

つるは、大広間を埋《う》めた男たちを、なんの気おくれも見せず、ぐるりと見わたし、りんとした声で、命じた。

「三郎じい、それに兵助《へいすけ》は、いるか。

おるならば、前へ。

おう、三郎じい。そちは、すぐ早舟のしたくを。

して、兵助《へいすけ》。兵助《へいすけ》は、舟につける見張りを三人、出発までに選んでくれ。

それから、そこのかね。

かねは、見舞《みま》いの品を、とりつくろえ。」

その、つるの落ちついた態度と、すばやい判断《はんだん》に、安房《やすふさ》は目を見はった。

(つるは、ここまで成長していたのか。

あの声、あのふるまいの、男にもまさるたのもしさは、どうじゃ。

もしものことが、このわしにあった時は、この城《しろ》を継《つ》いでいける力を、充分《じゅうぶん》たくわえておる。)

それぞれに仕事を命じ終ったつるは、まっすぐに背《せ》すじを伸《の》ばして、しずかに大広間を出ていく。十二才という年にしては大柄《おおがら》な、すっきりと伸《の》びたつるの後ろ姿《すがた》に、安房《やすふさ》は、重ねておどろきの目を見はる。

心の張りのきびしさ、立居《たちい》ふるまいのりりしさを秘《ひ》めながらも、淡紅色《ときいろ》の小袖《こそで》に水色の細帯《ほそおび》の背《せ》にゆれる髪《かみ》が、におうばかり美しかった。

荒《あ》れもようの海には、雲が低くたれこめ、濃《こ》い霧《きり》が水面をなめるように流れる。

三郎じいをかじ頭《がしら》に、四人のかじ取りが全力でこぐ早舟が、今治《いまばり》の港の手前、来島《くるしま》の瀬戸《せと》にさしかかった時だ。

「あっ。」

つるは、船べりをつかんだ。

流れの速い来島《くるしま》の瀬戸《せと》の潮《しお》にのって、流れてくる。流れてくる。折れたかい、こわれた船板、焼けただれた船柱、弓矢《ゆみや》、熊手《くまで》、そして、血にまみれたよろいの切れはし。

「あっ、あれは。」

うめくようにさけんだつるのほほから、血の気がひいた。

潮《しお》をあかくそめて、二つ三つ、遠く流れていくのは、まだすくいあげられぬ息果《いきは》てたものの姿《すがた》。

つるは、目をとじ、手を合わせる。

かねも深く頭をたれ、手を合わせている。

(かねの夫《おっと》も、ああして行くえ知れずになったのか。

目の前にするたたかいとは、なんとむごいものか。おそろしいものか。

城《しろ》できく、たたかいの話の勇ましさ、はなばなしさは、うそじゃ、うそじゃ、うそじゃ。

つるは、知らなんだ。

ほんとうのたたかいを、知らなんだ。)

早舟の行く手に、次から次へとくりひろげられる負けいくさの跡《あと》は、地獄絵《じごくえ》そのままに、すさまじい。

しっかり目をとじたつるのやわらかな肩《かた》は、こきざみにふるえていた。

「このありさまでは、今治《いまばり》の港は、さぞや荒《あ》れておろう。みんな、いいか。舟は、蒼社川《そうじゃがわ》の川口の入江《いりえ》につけた方が、ことが少なかろう。」

かじ取りたちに、三郎じいが声をかける。

そのまなこは、かぞえきれぬほどのたたかいのむごさを映《うつ》して、今はもう、あきらめきった色をしずめて、うごかなかった。

ふるさと今治《いまばり》の浜《はま》につくと、つるたち一行は、走るように母の住む屋敷《やしき》へ向かった。

剣《けん》をふるい、弓矢《ゆみや》を射《い》る武者《むしゃ》たちの姿《すがた》こそ、もう見えないが、たたかいのきずあとはいたいたしい。

踏《ふ》みしだかれた田畑。ちぎれとぶ稲穂《いなほ》。

黒こげの四本柱だけを残す、村人たちの小さな家。

人の影《かげ》もない里の片すみには、逃《に》げおくれて矢を受けたらしい百姓《ひゃくしょう》ふうの親子が、うずくまっている。

いたましいふるさとのありさまは、つるの心に、斧《おの》で打《う》ちこまれるような強いいたみで、刻《きざ》ま

れた。

（どんなことがあろうと、罪《つみ》もないひとびとを、たたかいから守らねばならぬ。たたかいとは、決してあってはならぬものじゃ。ならぬものじゃ。）

胸《むね》の中で、くり返しさけびつづける、つるであった。

「ああ、お屋敷《やしき》は、無事《ぶじ》じゃ。」

「おお、まことに、まことに。」

「よかったのう。」

なつかしい白い土塀《どべい》。大きな楠《くす》の森。高いつくりの屋根。里で、ただ一軒《けん》、無事《ぶじ》な屋敷《やしき》であった。

あけ放った門のあたりには、やつれ果てた里人たちがあつまり、ゆげの立つおわんをかかえて、かゆをすすっている。

「あれ、つる姫《ひめ》さまのおかえりじゃ。」

そういう里人たちのざわめきをわけて、つるは、屋敷《やしき》の門へ飛びこんだ。

そのつるの目にうつったのは、白はちまきに白だすき、大声で女たちに指図《さしず》しながら、庭にしつらえた炊《た》き出《だ》しの釜《かま》から、かゆをついで里人にふるまっている、思いがけない母の後ろ姿《すがた》だ。

つるは、母にとびついていった。

「かあさま、かあさま。

つるです。」

「おう、つるか。

よくまあ、きてくれたのう。」

つると母は、固く抱《だ》き合い、次のことばもなくたがいを見つめ合う。こんな時、人に、ことばはいらぬものだ。ただ、あたたかいふれ合いだけが、命のあかしになる。

だが一方、庭には、傷《きず》のいたみをうったえる声、おかゆをおかゆをとさけぶ声、不安げに泣《な》きたてる赤んぼの声が、うずまく。

つると母は、今はまだ胸《むね》につもる話をしている時でないと、目顔で語り合った。

「かあさま。

つるも、手伝《てつだ》います。」

母を助けて、てきぱきとてぎわよく立ちはたらくつるの、白だすき姿《すがた》は、荒《あ》れ果てたふるさとの庭に、明るい光となるようだった。

目まぐるしい仕事のさなか、つるは、兵助《へいすけ》を呼《よ》んだ。

「兵助《へいすけ》。早《はよ》うここへ。

そなたたち、ここへくる途中《とちゅう》、野にうずくまっていた親子を、おぼえておろう。

あの人たちをすぐ、ここへおぶってくるように。あのままでは、死んでしまう。

さっ、急ぐのじゃ。」


四日たち五日過《す》ぎると、屋敷《やしき》のさわぎも、おさまった。

焼《や》け野原のあちこちには、仮住まいも立ち始め、気をとりなおした百姓《ひゃくしょう》たちは、たおれた稲穂《いなほ》をかりとるのに忙《いそが》しい。

満月が、さえざえと青い、秋の夜。

つると母は、灯《ひ》を消した寝間《ねま》の障子《しょうじ》をあけて、月の光の中にすわっていた。

「こうしていると、何もかも、うそのようじゃ。のう、つる。」

「いいえ、ただ一つ、ほんとのことがある。こうして、ここに、つるがいること。

そうではありませぬか、かあさま。」

「まっこと、そのとおり。

こうして、姫《ひめ》を目にするのは、もう三年ぶり。

そなたが、城《しろ》へ行ってしまってから、母は、毎日毎夜、姫《ひめ》と二人このように語り合える日をばかり、夢《ゆめ》みておったものじゃ。

今夜は、母にはもうなんの不足もない。

つる、そなたさえ、目の前にいてくれれば、母は、それでしあわせじゃ。」

母の髪《かみ》が、月の光にぬれて、銀色に光る。

月の光で見る母は、たたかいのつかれのあとをのこして、老いやつれている。

(しばらくお会いせぬまに、なんとかあさまのお老《ふ》けなされたこと。お髪《ぐし》など、まっ白じゃ。

かあさまは、おさびしかったのだ。

つるは、かあさまに申しわけないことをしていたのだろうか。

このかあさまをお喜ばせするため、この屋敷《やしき》にのこるのが、ほんとうなのだろうか。)

つるの心のつぶやきが、母の耳にとどいたかのように、母がたずねる。ねがいをこめて祈《いの》るように、たずねる。

「のう、つる。

もしや、そなた、この屋敷《やしき》に、もどってはくれぬか。」

つるは、息をのんだ。そして、思い切ってうなずく。

「はい、かあさま。」

母のしわの深い目尻《めじり》に、たとえようもない喜びが、こぼれた。つるとて、やさしい母と二人暮《く》らせることは、うれしい。

けれども、なぜか、「はい」と答えたその時、つるの胸《むね》に、つうんと走るさびしさがあった。

満月の光の中を、明成《あきなり》の面影《おもかげ》が横切った。

(このまま、もう明成《あきなり》に会えなくなる。)

つるは、満月に映《うつ》る面影《おもかげ》を打ち消そうと、立ち上がって障子《しょうじ》に手をかける。

「風が、冷えてきたようじゃ。

もうやすみましょう。かあさま。」

立ち姿《すがた》のつるを見上げて、母は、しみじみといった。

「つる。

しばらく見ぬうちに、ずいぶん背《せ》が高くなったのう。

そして、まあ、ほんに髪《かみ》のうつくしいこと。」

月の光に向かって立つつるの、秋草を染《そ》めた小袖《こそで》の背《せ》に流れる、ゆたかな髪《かみ》が三すじほど、秋の夜風に乱《みだ》れた。

「おお、みのではないか。」

つるも、なつかしく声をかける。

「はい。」

みのは、にっこり腰《こし》をかがめる。みのの後ろに添《そ》うように立っていた漁師姿《りょうしすがた》の若《わか》ものも、ぴょこりと頭を下げる。くろぐろと日に焼けた太い首すじと、あごのはったその顔を見たつるは、声をあげて笑《わら》いだした。

「なんとまあ、そなた、彦《ひこ》ではないか。

あごのはったところは、むかしのままじゃ。」

「はい、おひさしぶりでございます。」

赤黒く潮焼《しおや》けした顔を、なおもあかくして、あいさつする彦《ひこ》は、背《せ》も見上げるばかり、がっちり肩《かた》が、いかっている。

その横で、細い目と丸《まる》いほほは、幼《おさな》いころのままながら、ふっくらとやわらかな娘《むすめ》ぶりのみのが、春風に溶《と》けるように、ほほえむ。

つるは、ふと二人をからかいたくなった。

「姫《ひめ》がはじめて、そなたたち二人に会《お》うたころは、たしか彦《ひこ》はみのをいじめてばかり。

みのは彦《ひこ》に泣《な》かされてばかりおったと、おぼえているのに、きょうは何ごとじゃ。

二人仲《なか》ようそろって。

ほっほっほっ。

これはまた、ふしぎなこともあるものよのう。」

つるにひやかされて、ほほをあからめた彦《ひこ》とみのは、顔を見合わせて、ふふふと含《ふく》み笑《わら》いをし合う。みのが、つと彦《ひこ》をつつく。

すると、彦《ひこ》は、も一度頭をさげ、あらたまったことばつきで、もじもじ口ごもりながら、あいさつを始めた。

「つる姫《ひめ》さま。

まことを申し上げれば、そのつい五日前、彦《ひこ》は、このみのと祝言《しゅうげん》をあげました。」

つるの目が、はっと見ひらかれる。

（なんと、この二人が、はや祝言《しゅうげん》を。）

みのは、うつむいて、うれしくてならぬふうに、手をもみ、袖《そで》をまるめる。

彦《ひこ》は、まじめくさって、つづける。

「それで、つる姫《ひめ》さまが、お屋敷《やしき》にお帰りとうかがっていましたので、ぜひぜひひとこと、ごあいさつにあがりたいと、その、このみのが、いうもんで。」

「どうぞ、これからも、よろしゅうおねがいいたします。」

彦《ひこ》とみのは、二人そろって頭をさげる。

そんな二人の風情《ふぜい》には、つるをさえたじろがせるたくましさがあった。一人は漁師《りょうし》として、一人は潮《しお》くみ女として、もう何年も働いて暮《く》らしをたててきたもの同士《どうし》が二人、むすび合った強さであろうか。

顔を上げた彦《ひこ》とつるのひとみは、何の曇《くも》りもない喜びで、かがやいている。

つるは、心から二人を祝《いわ》った。

「それはそれは、おめでとう。

行く末ながく、しあわせにのう。」

彦《ひこ》とみのは、おしるしにと、竹皮の包みに入れたみごとな桜鯛《さくらだい》を置いて、別れを告《つ》げた。

うらうらと春の日に光る野の道を、いかつい彦《ひこ》とふっくらしたみのが、肩《かた》を並《なら》べ、川を流れる流しびなのように、くだっていく。

つるは門に立ち、その姿《すがた》を、じっと見送った。

がっちりした肩《かた》がたくましい彦《ひこ》の後ろ姿《すがた》は、なぜか、明成《あきなり》を、思い出させてならぬ。同じ一つの瀬戸内《せとうち》の海に育つ若《わか》ものたちは、みなどこかしら似《に》るものかもしれない。

二つの影《かげ》が、蒼社川《そうじゃがわ》の土手に消えても、つるの胸《むね》には、なんとしても消すことのできぬ想《おも》いの海鳴りが、ひびく。

(明成《あきなり》どのに、会いたい。

つるは、明成《あきなり》どのに、会いたい。

今は、何を思うているのか。

なにをしているのか。

あの明成《あきなり》は。)

まぶしいほど明るい瀬戸内《せとうち》の三月の日ざしにたたずむつるは、はるかな海に浮《う》かぶみどりの島にいる人を、しのびつづけた。

その日から、つるの眉《まゆ》に思いなしか淡《あわ》い愁《うれ》いが、さすようになった。おぼろ月の夜、一人吹《ふ》く笛《ふえ》の音にも、聞くものの胸《むね》をゆすぶるさびしさがこもる。

妙林《みょうりん》は、母親の耳ざとさで、その笛《ふえ》の音色《ねいろ》から、つるの心をききとった。

「つる。

そなた、もしや何ぞもの想《おも》うておるのなら、なんでもこの母に語っておくれ。」

しかし、つるの持ち前の負けずぎらいが、こんなところでも、顔を出す。つるは、わざとにっこりして、首をふる。

「なんの、かあさま。

つるに、もの想《おも》いなどあろうはずがない。

こうして、かあさまのおそばで暮《く》らしているのですから。」

そして、笛《ふえ》の調子《ちょうし》をもう一段《だん》高くすると、いかにも陽気に吹《ふ》きつづけるのだった。

母に背《せ》をむけて、おぼろ月夜のぬれ縁《えん》にすわるつるの黒髪《くろかみ》が、笛《ふえ》のひびきでかすかにゆれる。

その髪《かみ》のふるえを、妙林《みょうりん》は深いまなざしで見つめた。

(わざと明るくふるまってはいるが、つるは、たしかに何かもの想《おも》うておるのじゃ。

母のわたしには、それがじいんとつたわってくる。)

おなじころ、瀬戸内《せとうち》の海には、ふたたびのたたかいの嵐《あらし》をまえぶれる、あやしい海鳴りが、遠く近くとどろきわたっていた。

いや、瀬戸内《せとうち》の海にばかりではない。

日本の土の上すべてに、血なまぐさい風が、吹《ふ》きはじめていたのである。

およそ二百年の間、日本の国々をおさめてきた京都の足利幕府《あしかがばくふ》の権力《けんりょく》が、日に日によわまるにつれ、そのすきに力を伸《の》ばそうと動きだしたのが、地方の国の勢いのよい大名たちだ。たとえば、関東《かんとう》には北条早雲《ほうじょうそううん》や武田信玄《たけだしんげん》、中部《ちゅうぶ》には織田信長《おだのぶなが》、北陸《ほくりく》には上杉謙信《うえすぎけんしん》、周防《すおう》には大内義隆《おおうちよしたか》、九州には大友義鑑《おおともよしあき》などが、うらにおもてにたくらみを練る。

そのため、いつもどこかの国に、攻《せ》めたり攻《せ》められたりの血みどろなたたかいが起こり、そのたたかいに暮《く》らしを荒《あ》らされるひとびとの恐《おそ》れと不満の声が土に渦《うず》まいて、行くえさだまらぬ無《ぶ》気味《きみ》な雲行きを見せていた。

後の世にいう戦国時代《せんごくじだい》に、火のついたころのことである。

時が時だけに、瀬戸内《せとうち》の海のかなめにあたる大三島《おおみしま》は、今ひとたび力を盛《も》り返そうとあせる足《あし》利幕府《かがばくふ》からも、新しく力を伸《の》ばそうとする国々からも、目をつけられることとなった。というのも、大三島《おおみしま》をわがものにすれば、東を攻《せ》め西を討《う》つのに、またとない海の根城《ねじろ》、たたかいの足がかりになるからだ。

中でも、周防《すおう》の国の大名大内家《おおうちけ》は、早くも十余年も前から、この大三島《おおみしま》をねらいつづけている。大永《だいえい》二年七月の大三《おおみ》島攻《しまぜ》めを皮切りに、もはや四度のたたかいが重ねられてきた。もっとも、これまでは三島水軍側《みしますいぐんがわ》が勝《か》ったのだが。

こんな世のうごきに対して、きょうも、三島城《みしまじょう》の広間には、城主安房《じょうしゅやすふさ》を中に、三島水軍《みしますいぐん》の将《しょう》たちが集まり、島を守る相談に夜のふけるのもかまわない。一座《いちざ》の中には、一文字に口をむすんだ若々《わかわか》しい明成《あきなり》の顔もあった。

小海城主《こうみじょうしゅ》のむすこ越智明成《おちあきなり》は、十七才のりりしい若武者《わかむしゃ》に成長、三島城主安房《みしまじょうしゅやすふさ》をたすける副将《ふくしょう》として、あらためて三島城《みしまじょう》へむかえられていたのである。


「さて、みなみな方、」

口を切った安房《やすふさ》の声が、いつになく重くきびしい。

「先ほど、うちきいた知らせによれば、われら三島水軍《みしますいぐん》の力強い味方であった、あの因島《いんのしま》の村上《むらかみ》水軍《すいぐん》が、周防《すおう》の大内家《おおうちけ》と手をむすんだという。」

そのことばの終らぬうちに、居並《いなら》ぶものの顔いろが変わった。

「なんと。

われらが仲間《なかま》村上水軍《むらかみすいぐん》が、人知らぬものもない三島水軍《みしますいぐん》の敵大内家《てきおおうちけ》と、手をにぎったと。」

「うらぎりじゃ。」

「うらぎりじゃ。」

「許せぬぞ、何としても許せぬぞ。」

おどろきと怒《いか》りに声をふるわせながら、口ぐちにさけぶ。

すると、その時まで、手を組んだままだまっていた宗方城主《むなかたじょうしゅ》の鳥生貞元《とりうさだもと》が、白い口ひげをしずかにうごかした。

「たとえきのうの味方《みかた》でも、その立場あやうしと見れば、たちまちおのれに利のある方へうごく。それが、乱《みだ》れた世の人の心ではござろう。きょうは、因島《いんのしま》の村上家《むらかみけ》が、うらぎった。あすはまた、どこがうらぎるか。決して油断《ゆだん》なりませぬぞ。」

みなは声をのんで、しずまりかえった。

だれも口にこそ出さなかったけれど、大三島《おおみしま》がぎりぎりと追いつめられていくのを、いたいほどかみしめた。

大広間の集まりが終ったあと、安房《やすふさ》は、明成《あきなり》を居間《いま》に呼《よ》んだ。

世のなりゆきはけわしくとも、城《しろ》の窓《まど》からはいる夜風には、小みかんの花があまくかおる。

「明成《あきなり》。

周防《すおう》の大内《おおうち》は、いよいよ備えをかためて、次の折をねらっておる。

やがて必ず、大合戦《だいかっせん》の日もこよう。

あすの命を惜《お》しんでいては、島を守りきれぬやもしれぬ。」

「はい。

まことに、きびしい世にございます。」

「ところで、明成《あきなり》。

そちも知ってのとおり、わしには弟もなく子もない。

なればこそ、いざという時、城主《じょうしゅ》のあとを継《つ》ぐもの、城主代《じょうしゅだい》を、決めておかねばと思うておるのだが。」

そこでしばらく、安房《やすふさ》はことばを切った。何か心迷っているようだ。

「ひとつ、まっすぐに答えてくれい。

そちは、つるを何と見る。」

「はっ。」

明成《あきなり》の濃《こ》い眉《まゆ》が、ぴくりとうごいた。

つるという名は、あまりにもなつかしい。

にわかに高鳴る胸《むね》のときめきを、きっとおさえて、明成《あきなり》は問い返す。

「何と見るという、そのおこころをおきかせねがえねば、答えられませぬが。」

「はっはっは。

明成《あきなり》もつるによう似《に》て、すぐ食いさがってきよるな。

その意味はのう、つるに城主《じょうしゅ》がつとまるかと、こういうことじゃ。それは、わしとて、うら若《わか》いおとめの身に、この重いつとめを負わせるのは、苦しい。迷いもする。

だが、この三島城《みしまじょう》は、なんとしてもわれらが一家で、守り継《つ》がねばならぬのじゃ。

実は、この安房《やすふさ》、つるをばわが妹ながら、なかなかの器量《きりょう》のものと見ておる。

つるが、この城《しろ》にいたころは、そちは年若《としわか》の身で、まことによくつるを仕込《しこ》んでくれた。今こそ、あつく礼をいうぞ。」

「おそれ入ります。」

「さて、その仕込《しこ》み手のそちから見て、どうじゃ、つるの腕《うで》、人柄《ひとがら》、器量《きりょう》は。」

「みごとな方かと、存《ぞん》じます。」

きっぱりとひとこと、明成《あきなり》は答えた。

「そうか。

なれば、決まった。

母上には申しわけないが、大祝屋敷《おおほうりやしき》におるつるを、三島城城主代《みしまじようじようしゆだい》として、呼《よ》びもどすことにしよう。」

「はい。」

うなずく明成《あきなり》の胸底《むなそこ》深く、どどんと一つ大きな海鳴りがひびいた。

誓いの章

その時、つるの目から、大楠《おおくす》も鳥居《とりい》も何もかも消え去った。そして、ただ明成《あきなり》の姿《すがた》だけが、空いっぱいに立ち上がる。

明成《あきなり》は、濃《こ》い眉《まゆ》を少し寄せて、まっすぐにつるを見つめながら、大またに近づいてきた。低く力強い声が、つるに呼《よ》びかける。

「姫《ひめ》さま、おひさしぶりでございます。」

「明成《あきなり》どのも、すこやかで何よりじゃ。」

つると明成《あきなり》のひとみが、きらりとかがやいて求め合う。

二人は、幼《おさな》なじみであった。けれども今、つるには明成《あきなり》が、明成《あきなり》にはつるが、なぜかはじめて出会った人のようにまあたらしい。

つる十五才、明成《あきなり》十七才。

二人のほかに人影《ひとかげ》もない境内《けいだい》は、大楠《おおくす》の森にかこまれて、はるかに海鳴りの音が聞こえるばかりだ。

明成《あきなり》が、あらたまった口ぶりで、あいさつする。

「姫《ひめ》さま。このたびは、三島城城主代《みしまじようじようしゆだい》となられ、おめでとう存《ぞん》じます。」

つるも、城主代《じようしゆだい》の誇《ほこ》りをこめて答える。

海鳴り

つるが、今治《いまばり》の母の屋敷《やしき》へ帰ってから、三度目の春がめぐった。焼け野原だった里にも、ふたたび一面にみどりが芽吹《めぶ》き、うららかに、かげろうが立つ。

「姫《ひめ》さま、姫《ひめ》さま。」

かねが、いかにもたのしげなものをかくす風情《ふぜい》で、にこにこと居間《いま》の外にひざをつく。

「姫《ひめ》さまに、会いたいといって、たずねてきたものがおります。お会いなさいますか。」

「会うてもいいが、それは、いったいだれ。」

「まあ、姫《ひめ》さま、あててごらんなさいましな。」

かねは、いそいそと先に立って、つるを門の方へみちびいていく。

その時、門の柱のかげから、二つの人影《ひとかげ》が飛びだして、かけ寄った。

「つる姫《ひめ》さま、おなつかしゅうございます。」

「明成《あきなり》どのも、三島城《みしまじょう》の副将《ふくしょう》に迎《むか》えられたとのこと。世のうごきも、ひとかたならずきびしいと聞くこれからじゃ。城《しろ》のこと、島のこと、どうぞ、よろしゅうにおたのみします。」

「はい。この明成《あきなり》の命にかけて、必ずお守り申す覚悟《かくご》にございます。」

そのひとことに、明成《あきなり》はつるへの語りつくせない心をあずけたつもりだった。

というのも、明成《あきなり》にとって、いつのまにか、つると神と島と海とは決して切りはなすことのできない、一つの大きな思いになっていたからである。

どちらからいうともなく、二人の足は、神殿南《しんでんみなみ》の、小高い見晴らし台へ、向かった。

道すがら、松や楠《くす》の葉ずれをのせた風が、耳もとにうたい、その風に小みかんの花がかおる。

見晴らし台に立ったつるが、なつかしげに声をあげる。

「島から見る瀬戸《せと》の海のながめは、ほんに一番じゃ。」

大三島《おおみしま》をめぐる海が、かなたまであおあおと光り、白い砂浜《すなはま》にふちどられたみどりの島々が、夢《ゆめ》のように浮《う》かぶ。

少し汗《あせ》ばんだつるは、はおっていた白い紗《しゃ》の打《う》ち掛《か》けをとり、ふわりと松の小枝《こえだ》にかけた。そして、帯《おび》のわきから、横笛《よこぶえ》をつと抜《ぬ》き、かるくくちびるに当てた。

すると、どうだろう。明成《あきなり》も、ふところから、一本の横笛《よこぶえ》をとりだした。

つるは、おどろいて、明成《あきなり》をふりあおぐ。

「明成《あきなり》どのも、笛《ふえ》を吹《ふ》かれるのか。」

明成《あきなり》は、少しはにかみを含《ふく》みながら、うなずいた。

「姫《ひめ》のおられなんだ三年の間に、いささか横笛《よこぶえ》が吹《ふ》けるようになりました。あの入日《いりひ》の滝《たき》で、おききした曲ならば。」

「なんと。

では、あの入日《いりひ》の滝《たき》でつるが吹《ふ》いた笛《ふえ》のこと、まだおぼえておいでだったのか。」

「おぼえていたどころか。」

二人の間に、それきりことばは絶《た》えた。

つると明成《あきなり》は、打ちそろって横笛《よこぶえ》をくちびるに当て、深く息を吸《す》い、目をとじた。とじたまぶたに、五月の光がゆれる。すました耳に遠い海鳴りが、ひびく。

その海鳴りをぬって、二つの笛《ふえ》の音《ね》がきよらかにからみ合いながら、五月晴《さつきば》れの空にたちのぼっていった。

よろい

「殿《との》、申し上げます。

周防《すおう》、大内方《おおうちかた》の敵船《てきせん》が、下蒲刈島《しもかまがりじま》の沖《おき》を、大三島《おおみしま》へ向かっております。」

漁師《りょうし》の姿《すがた》に変えて釣《つ》り舟に乗り、見張りをしていた忍《しの》びの者が、城主《じょうしゅ》、安房《やすふさ》の部屋《へや》に走り込《こ》んだ。

天文《てんもん》十年六月十二日、寅《とら》の刻《こく》。

今でいえば、午前の四時。

まだ明けやらぬ空高く、まっかなのろしがあがる。小暗《おぐら》い城《しろ》をゆすぶって、陣太鼓《じんだいこ》がなる。

「みなのもの。

いざ、出陣《しゅつじん》ぞ。」

城主《じょうしゅ》の一声《ひとこえ》に、城中《じょうちゅう》は色めきたった。よろいに身を固めたつわものたちは、台《うてな》の浜《はま》に大船小船合わせて三十隻《せき》余りを押《お》し並《なら》べ、弓矢《ゆみや》、大熊手《おおくまで》、唐《もろこし》から手に入れた鉄砲《てっぽう》、三島水軍秘伝《みしますいぐんひでん》の火薬、それに兵糧《ひょうろう》、水などを積み、白地に三の字を染《そ》め抜《ぬ》いた三《み》島水軍旗《しますいぐんき》を、それぞれのへさきに立て、たいまつをかかげる。

白はちまきに白だすき、はかま姿《すがた》のつるが、裏城門《うらじょうもん》に立ち、水軍《すいぐん》の出発を見送る。

そのつるの前に、よろいかぶとの安房《やすふさ》が、どっしりと立ち、じっとつるを見おろす。

「つる。よくきけ。

今までいわなんだが、倉に、そなたのためのよろいが、しまってある。父上が、ひそかにわれらに遺言《ゆいごん》され、つくってあったものじゃ。

もしもの時には、身につけるよう。

では、つる。

城《しろ》を、たのむぞ。」

安房《やすふさ》の低い声は、つるの胸《むね》をつらぬく。

(父上が、つるのためによろいを、か。)

つるは、くっきりと目を見ひらく。

「必ずや、お守りいたします。

兄上も、どうぞご無事で。」

「つるこそ、気をつけるのじゃ。」

安房《やすふさ》のまなじりに、一瞬《いっしゅん》ほほえみが浮《う》かんだ。いつもおおらかな兄の、男らしいほほえみが、つるのまぶたに焼きつく。

「いざ。」

安房《やすふさ》はいきおいよく風を切り、大将船《たいしょうぶね》にとび乗った。

「やあ、やあ、おう。」

大将《たいしょう》を迎《むか》えて海つわものたちは、浜《はま》をゆるがせて、ときをあげる。やがて、船はたたかいの海へ向かい、いっせいにかじを取った。

大将船《たいしょうぶね》を守る武《む》者船《しゃぶね》に乗った明成《あきなり》は、ときのこえより一足《ひとあし》早く、浜《はま》をはなれていた。

つるは、袖《そで》をひるがえして、城《しろ》の高い物見《ものみ》やぐらにかけ上がる。

見はるかせば、あかあかと日の出の燃えるあかつきの海を、遠く明成《あきなり》の武《む》者船《しゃぶね》が、そして安房《やすふさ》の大将船《たいしょうぶね》を先頭《せんとう》に三十隻《せき》の早舟が、雁《かり》のとぶような「くの字」の形にへさきをつらねて、ぐんぐん進んでいく。はるかに遠ざかるその船影《ふなかげ》に、つるは手を合わせ、いとしい命たちのやすらかであることを祈《いの》りつづけた。

三日のちの十五日。宵《よい》の明星《みようじよう》のかがやく午前三時ごろ。

台《うてな》の浜《はま》に、一隻《せき》の早舟がついた。よろいの肩《かた》に矢傷《やきず》のあともなまなましい明成《あきなり》の影《かげ》が、つつつと裏城門《うらじようもん》へかけこむ。

「姫《ひめ》さま、姫《ひめ》さま。

申し上げます。」

明成《あきなり》の声のただならぬ調子に、つるは不吉《ふきつ》な予感でうちふるえた。しかし、その身は、城《しろ》をあずかる城主代《じようしゆだい》だ。すばやく身じまいを正したつるは、大広間の正面にものしずかに正座《せいざ》して、きっと明成《あきなり》を見すえた。

床《とこ》の間《ま》には、つるのための姫《ひめ》よろい、細くしぼった腰《こし》を白い皮の緒《お》で結んだ紺糸縅胴丸《こんいとおどしどうまる》が、用意してある。

「明成《あきなり》どの。

さあ、いえ。何ごとがあったのじゃ。」

明成《あきなり》は肩《かた》でふかく息を吸《す》うと、一気にいい切った。

「姫《ひめ》さま。

ゆうべおそく、城主《じようしゆ》、安房《やすふさ》どのが、討《う》ち死《じ》になされました。」

「あっ。」

声にならぬ声をあげ、つるは、かたく目をとじた。歯も折れよとばかり、かみしめるくちびる。体《からだ》のすみずみから、血の気が、音をたてて引いていく。

目をとじたまま、つるは、押《お》しころした低い声でいう。

「つづけよ、明成《あきなり》どの。」

もし目をあければ、どっと涙《なみだ》があふれだし、悲しみのさけびが、のどを裂《さ》くにちがいない。

明成《あきなり》には、つるの悲しみが、いたいほどつたわる。けれども、安房《やすふさ》を失った今は、ともに力を合わせてたたかわねばならぬ城主《じょうしゅ》つると副将明成《ふくしょうあきなり》だ。城《しろ》のすべては、つると明成《あきなり》ただ二人だけの肩《かた》に、かかってしまったのだ。

いたわり合っている時ではない。

ぎゅっとこぶしをにぎりしめ、明成《あきなり》は、口をひらいた。

「殿《との》は、この明成《あきなり》の目の前で、敵《てき》の矢に胸《むね》と眉間《みけん》を打たれ、お果てになりました。お守り申すことのできなかった明成《あきなり》を、おしかり下さい。」

つるは、一文字に食いしばった口のまま、首を横にふった。

「ところで、姫《ひめ》。

敵《てき》の船数は、約七十隻《せき》。味方《みかた》の船は、のこるは二十余隻《よせき》。

敵方《てきがた》は今、大崎下島《おおさきしもじま》は御手洗《みたらい》の港をまわり、この大三島《おおみしま》に向かっています。

このままでは、あと二刻《こく》もすれば、島に敵《てき》の船がつく。

討《う》つならば、今しかありません。」

ここで、明成《あきなり》は、ぐいとそのひざをすすめ、力をこめていった。

「姫《ひめ》さま。

ご覚悟《かくご》の時じゃ。

出陣《しゅつじん》のご用意を。」

しっかりととじたつるのまぶたに、いまわのきわ、兄妹《きょうだい》三人力を合わせて島を守れとさけんだなき父の面影《おもかげ》が浮《う》かび、かえらぬ兄の最後のほほえみが重なり、ふるさとで見た負けいくさのむごたらしいありさまが、走った。

(そうじゃ。

つるは立たねばならぬ。

それが、つるのつとめじゃ。)

つるは、すっくと立ち上がった。

「よく知らせてくれた、明成《あきなり》どの。」

きびしく張りつめた心のため、ひとみはむしろ渇《かわ》き切ってしまった。

「すぐにしたくいたそう。」

そして、白はちまきに白だすき、なぎなたを手に控《ひか》えているかねを、ふりかえった。

「かね。

姫《ひめ》に、よろいを。」

つるは、かねに手伝《てつだ》わせて、白小袖《しろこそで》の上からしっかりとよろいをまとった。

ゆたかな胸《むね》としまった腰《こし》をつつむ清らかな紺色《こんいろ》のよろいの、草摺《くさずり》をしめる鹿皮《しかがわ》の緒《お》だけが、白く目にしみる。

悲しみの心がのぞくまを見せぬため、つるは、たたみこむように命じた。

「たれか、馬の用意を。

ただいまより、神殿《しんでん》に参り、大祝《おおほうり》さまにお目にかかる。

明成《あきなり》どの。

つづけ。」

まもなく、神殿《しんでん》へのまだほの暗い参道《さんどう》を、白馬《しろうま》と黒馬の影《かげ》が、ひづめの音も高く飛んでいった。

小暗《おぐら》い神殿《しんでん》には灯明《とうみょう》がゆれ、大祝安舎《おおほうりやすおき》は、ただ夜もすがら、神への祈《いの》りにすわりつづけている。

つるは、まっすぐに兄の後ろへすすみ、しずかに手をついた。

「大祝《おおほうり》さま。

城主《じょうしゅ》、安房《やすふさ》さまが、討《う》ち死《じ》にめされました。」

安舎《やすおき》は、祈《いの》りの姿勢《しせい》のまま、答える。

「うむ、先ほど、知らせがとどいた。」

「では、城主代《じょうしゅだい》つる、城主安房《じょうしゅやすふさ》どののお役目を継《つ》ぎ、これより出陣《しゅつじん》いたします。」

「たのむぞ、つる。」

しずかにふり返り、ひたとつるを見る、兄、大祝安舎《おおほうりやすおき》の心に、するどいいたみが走る。

(なぜ、このうら若《わか》いおとめを、血なまぐさいいくさの海に、おくらねばならぬのか。)

しかし、神《かみ》をまつる身は、たとえ何ごとが起ころうとも、血しぶきの飛びかうたたかいに、その身をさらすことは許されない。それが、神をまつる大祝職《おおほうりしょく》のおきてであった。

大祝安舎《おおほうりやすおき》は、神前《しんぜん》にささげてあった一振《ふ》りの剣《つるぎ》を、つるに渡《わた》した。

「これは、かたじけなくも、神から賜《たまわ》った太刀《たち》じゃ。

身に帯《お》びて行け。

必ずや、明神《みょうじん》のご加護《かご》が、あろう。」

つるは、太刀《たち》を両手にいただき、腰《こし》にさすと、音もたからかに柏手《かしわで》を打つ。

「われ明神《みょうじん》を守りたてまつらん。

ねがわくばわれに力を授《さず》けたまえ。

守りたまえ。」

つるの澄《す》みきった祈《いの》りの声がりんりんと神殿《しんでん》にひびきわたった。

折から、神殿《しんでん》の大太鼓《おおだいこ》が、どどうん、どどうんと打ち鳴らされる。

神殿《しんでん》の前には、まわりの島々からかけつけた水軍《すいぐん》のつわものや島人たちが、境内《けいだい》をまっくろに埋《う》めつくして、ひれ伏《ふ》している。

大祝安舎《おおほうりやすおき》は立ち上がり、神殿《しんでん》の扉《とびら》をあけて、一同に告《つ》げた。

「いざ、つる姫《ひめ》、出陣《しゅつじん》めさるぞ。

島は今、敵方《てきがた》にうばわれるや否《いな》やのきわ。

みなも心を一つに、必ず島を守れ。

これは、三島大明神《みしまだいみょうじん》のお告《つ》げぞ。」

神殿《しんでん》から歩みでるつるの一足一足《ひとあしひとあし》には、何かつる自身にもわからぬ、はげしい力がこもる。その力は、つるのまなこに、まぶしいほどの光となって、かがやきでた。

朝露《あさつゆ》にぬれる土に手をつき、きっとつるを見上げる明成《あきなり》は、つるの神々《こうごう》しいばかりの美しさに打たれ、心の内にさけんだ。

（おお、われらが守りの女神《めがみ》よ。

神《かみ》の、いや、姫《ひめ》のためにならば、なんの惜《お》しいものが、あろうか。）

つるは、強い光を放つひとみで、ひたと明成《あきなり》を射《い》た。

「いざ、明成《あきなり》どの。」

「いざ、姫《ひめ》さま。」

うなずく明成《あきなり》のまなこもまた、つるにおとらず鋭《するど》くかがやく。

ともどもにたたかいにのぞむということが、二人の中に、潮《うしお》のような勇気を呼《よ》び起こした。

誓《ちか》い

島々の砦《とりで》から、まだ見張りの目こそはずされていないけれど、ゆたかな海の幸《さち》をつんでぎいこぎいこと行きかう釣《つ》り舟の姿《すがた》には、またいつもの瀬戸内《せとうち》の海らしいのどかさが、もどっていた。大三島《おおみしま》は、つるを総大将《そうだいしょう》にいただいて根《こん》かぎり心を合わせた三島水軍《みしますいぐん》の力で、ついに守りぬかれたのである。

あおあおとさえわたった空に、ひとはけ白く雲の流れる、秋のはじめのとある昼さがり。伊予《いよ》の国今治《いまばり》の港は、三島城城主《みしまじょうじょうしゅ》つると副将明成《ふくしょうあきなり》の舟を迎《むか》えて、まるでまつりのようなにぎわいにわきかえった。

「ほれ、われらがつる姫《ひめ》さまのおつきじゃ。お帰りじゃ。」

「姫《ひめ》さまこそ、大三島《おおみしま》の守《まも》り神《がみ》さま。」

「いんや、瀬戸内《せとうち》の海の女神《めがみ》さまじゃ。」

なにしろ忘《わす》れもしない三年前、負けいくさのむごたらしさをたっぷり味わわされた里人たちだ。

大三島《おおみしま》でいくさがくい止められたおかげで、今一度のあのおそろしさに見舞《みま》われずにすんだ喜びは、たいそうなものだった。

しかも、舟着き場におり立ったつると明成《あきなり》の、はかま姿《すがた》もきりりと目を見張るばかりのうら若《わか》さが、里人たちにひとしおの親しみをあおる。

「あれ、あのようにお若《わか》いお二方《ふたかた》じゃのに。」

「のう、ようもまあ、りっぱに敵《てき》をお討《う》ちなされたものじゃ。」

「まこと、末たのもしいつる姫《ひめ》さまじゃ。明成《あきなり》さまじゃ。」

「いやさか。」

「いやさか。」

口ぐちにつると明成《あきなり》をほめたたえるさざめきが、めでたい鳥のように大きく翼《つばさ》をひろげて、港の空へ舞《ま》い上がる。

まもなく二人は、岸に用意してあった二頭の馬に打ちまたがった。そして、出迎《でむか》えの人波ににこやかにこたえながら、母の待つ大祝屋敷《おおほうりやしき》へと、たづなを取った。

つるはこの日、上蒲刈島《かみかまがりじま》の沖《おき》で討《う》ち死《じ》にした兄安房《やすふさ》と、亡《な》き父との墓前《ぼぜん》に、島を守るという約束をみごと果たしたことを告《つ》げるため、ともに力をつくした明成《あきなり》をしたがえて、帰ってきたのだった。

あくる朝早く、しろじろと流れる朝霧《あさぎり》をわけて、屋敷裏《やしきうら》の丘《おか》へとのぼる、妙林《みょうりん》とつると明成《あきなり》、三人の姿《すがた》があった。それぞれの手にもつ、小菊《こぎく》の黄と玉串《たまぐし》の白さが、小暗《おぐら》い朝の小道に、ほのかにゆれる。

うすむらさきの萩《はぎ》の花が今をさかりと咲《さ》きみだれる丘《おか》の上には、はるか目の下に瀬戸内《せとうち》の海をのぞんで、大祝家代々《おおほうりけだいだい》の墓《はか》がしずかに立っていた。安房《やすふさ》の名をきざんだ墓標《ぼひょう》のまあたらしさが、いたいほど目にしみる。

妙林《みょうりん》は、墓《はか》の前にひざまずき、生きている人にでもいうように語りかけた。

「大祝《おおほうり》さま。安房《やすふさ》どの。

お喜びくだされ。

つると明成《あきなり》どのが、ごあいさつに参《まい》られました。

大三島《おおみしま》はのう、この若《わか》い二人がりっぱに守ってくれました。

なにとぞ、お心やすらかに思《おぼ》しめせ。

ささ、つると明成《あきなり》どの。

そなた方も、ごあいさつを。」

妙林《みょうりん》にうながされて、まずつるが、一歩さがって明成《あきなり》が、うやうやしく墓前《ぼぜん》にすすむ。

黄菊《きぎく》を竹筒《たけづつ》に入れ、玉串《たまぐし》をそなえ、柏手《かしわで》を打ち、手を合わせると、二人はそろって深く頭をたれた。

ざざあざざあと、波の音がひびく。

その時、かたく目をとじた二人の胸底《むなそこ》から、ある限りの力をふりしぼったあのたたかいのさまが、つきあげるように浮《う》かび上がった。

城主安房《じょうしゅやすふさ》の突然《とつぜん》の死の夜から、ただ心を張りつめて息つくひまもなく生きてきたきょうまでの、すべてのことが。

それは、たとえることばもない、あまりにきびしいたたかいの日々であった。

いかにかしこく勇気あるつると明成《あきなり》とはいえ、十五才と十七才だ。島を守りぬかねばならないつとめは、大岩を背《せ》おうより重く苦しく二人の肩《かた》にくい入った。その大きな苦しみを、ともに乗り越《こ》えたことへの強い感動が、今あらためて二人の胸《むね》にせまる。

つるのとじたまぶたから、みるみる大粒《おおつぶ》の光るものがあふれる。たたかいの指揮《しき》をとる大将《たいしょう》として、三島城城主《みしまじょうじょうしゅ》の誇《ほこ》りにかけて、兄の死にさえ流すことに耐《た》えていた涙《なみだ》が、どっとせきを切った。

つるは、明成《あきなり》の肩《かた》にほほを押《お》しつけ、声を放って泣《な》いた。

「明成《あきなり》どの。」

「姫《ひめ》さま。」

つややかなつるの黒髪《くろかみ》が、明成《あきなり》の胸《むね》に乱《みだ》れてはげしく波うつ。そのつるの背《せ》をしっかりとささえながら、明成《あきなり》もこみ上げる涙《なみだ》をかんだ。

命の底の底からくみ上げた力を合わせて、同じ苦しみを生きぬいた二つの心は、あつくほとばしる涙《なみだ》の中で、一つに溶《と》けていく。

そんな二人を、少し身を引いたところから、じっと見つめる妙林《みょうりん》の目がしらにも、光るものがにじむ。

それは、身に過《す》ぎる重荷に立ち向かう娘《むすめ》によせる、母の心の耐《た》えがたいいたみの涙《なみだ》であり、そしてまた、そのつるにも女としてのしあわせが芽《め》ばえているのを知った、喜びの涙《なみだ》でもあった。

（おお、おお、そうであったのか。

つるはあの明成《あきなり》どのを、慕《した》うておったのじゃなあ。

それでよいのじゃ、よいのじゃ。

日ごとに老《お》いていくわたしも、つるの行く末しあわせなちぎりを見れば、もう何も思いのこすことはない。

そうじゃ。

この戦乱の世なれば、あすという日は、待たぬ方がよい。）

心を決めた妙林《みようりん》は、そっと二人に近づいた。

「のう、つる。

明成《あきなり》どの。」

いつも変わらぬやさしい母の声ながら、どこかにりんと奥深《おくふか》い力がこもる。

「はい。」

涙《なみだ》をはらった袖《そで》をととのえて、母を見つめるつるに、妙林《みようりん》はさらりといった。

「そなたがた。

今、ここ、父上兄上の御前《みまえ》で、えにしをむすぶ誓《ちか》いをあげぬか。」

あっとさけぶような想《おも》いで、つるは思わず明成《あきなり》をふりあおいだ。見れば、明成《あきなり》の濃《こ》い眉《まゆ》のあたりにぱっとはじらいの色がのぼり、がっちりと太い首すじまでくれないに染《そ》まる。

ふとさしうつむくつるのほほにも、ういういしいうす紅《べに》いろの花が咲《さ》く。

一本矢が、すぱりと的《まと》を射《い》たような母のことばに打たれて、二人ははじらったまま、すぐには返すことばも見つからぬ。

「どうじゃ。二人とも、異存《いぞん》はなかろうが。」

やわらかなほほえみでたずねる母に、つると明成《あきなり》は、申し合わせたようにことばをそろえて、うなずいた。

「はい。」

みじかい一言《ひとこと》に、二人のいつわりのない喜びがおどる。

それではと、妙林《みょうりん》はふたたび墓《はか》に向かい、二人を手招《てまね》いた。

「そなたがたも、ここへお並《なら》び。

さて、おききくださいませ。

大祝《おおほうり》さま、安房《やすふさ》どの。

めでたいおはなしでございます。

つるに、よいむこどのが、さだまりましたぞ。

越智《おち》明成《あきなり》どのが、つると添《そ》うてくださる。

大祝《おおほうり》さま。安房《やすふさ》どの。

今、この御前《みまえ》で、つると明成《あきなり》どのが、行く末までのえにしをむすぶことをば、お誓《ちか》いたてまつります。

そして、ねがわくば、二人が幾久《いくひさ》しくめでたくしあわせでありますよう、なにとぞなにとぞ、二人の誓《ちか》いを、お受けくだされ。

お守りくださいませ。」

妙林《みょうりん》のうやうやしい柏手《かしわで》に合わせて、つると明成《あきなり》の打つ柏手《かしわで》が、かたい誓《ちか》いの心をこめて高らかになりひびく。

祈《いの》り終ったつるが、目を上げた。そのひとみに浮《う》かぶまぶしげなほほえみほど美しいものを、明成《あきなり》は見たことがなかった。

つると明成《あきなり》は、ただだまって見つめ合う。

きよらかに澄《す》んだつるのひとみに、明成《あきなり》がひろがる。

力強くかがやく明成《あきなり》のひとみに、つるがひろがる。

二人のひとみには、海よりも空よりも大きく、いとしいものの姿《すがた》が、ひろがっていく。

口に出していうことばなど、ただの一つもいらぬ誓《ちか》いが、天地いっぱいにこだまする、光こぼれる秋の朝であった。

夕波

つると明成《あきなり》の婚約《こんやく》のうわさは、まるで盆《ぼん》にこぼした粟《あわ》の実のように、たちまち今治《いまばり》の里へひろがった。

ここ数年、たたかいのうわさばかりにおびえて暮《く》らしてきた人びとは、このめでたいうわさを、心にぱっと日のさした思いで喜んだ。

もともとさっぱりと明るいのが、南の海国の人たちの気性《きしょう》である。

つると明成《あきなり》が、城《しろ》へもどる日。

里人たちは、港に紅白《こうはく》のまんまくをはり、神楽太鼓《かぐらだいこ》を打ちならして、二人の船出に、心からの祝《いわ》いをおくるのだった。

「おめでとう存《ぞん》じまする。」

「おめでとうございます。」

「おめでとうございます。」

そしては、おたがいににこにことうなずき合う。

「ほんに、めでたいことよのう。」

「まっこと、これで三島城《みしまじょう》も安泰《あんたい》じゃ。

わたしらも、安心して暮《く》らしていけるわ。」

舟が、いよいよともづなをはずした。

「つる姫《ひめ》さまぁ、明成《あきなり》さまぁ。

幾久《いくひさ》しゅう、おしあわせにのう。」

岸にこぼれるばかりに折りかさなって、口ぐちに祝《いわ》いのことばをさけびながら、手をふり頭をさげる里人たち。秋だというのに、とうとう海へとびこんで、泳ぎながら舟を見送るこどもたち。手を合わせて拝《おが》む老婆《ろうば》。

漁師姿《りょうしすがた》の彦《ひこ》が、生まれたての赤んぼをたかだかとさし上げる。そのわきで、ふっくらふとったみのが、にこにこと腰《こし》をかがめる。

つると明成《あきなり》は、そろって舟に立ち上がり、岸に向かってにこやかなほほえみを返す。

岸の一段《だん》高い石段《いしだん》の上には、ものしずかな笑《え》みをふくんで、じっとつるを見送る母妙林《みょうりん》の、品よくも小さく年老いた姿《すがた》があった。

けさはわたしも港まで送ろうと、わざわざ輿《こし》にのって出かけてくれた母である。

つるは、その母の姿《すがた》に向かい、祈《いの》るように深く頭をさげた。

(母上さま。

ほんとうにありがとうございました。

またお会いする折まで、どうぞおたっしゃで。)

つるの心がとどいたのか、何かつぶやいて腰《こし》をかがめる母が、小さく小さく遠ざかっていく。

やがて、その母の姿《すがた》も里人たちのどよめきも、島陰《しまかげ》に消えてしまった。

明成《あきなり》は、舟の行く手を見すえたまま、自分自身にいいきかせるようにいった。

「姫《ひめ》。

あのように喜んでくれる里人たちの心を、忘《わす》れてはなりませぬな。」

「まことに。

島を守り、海を守り、里人たちを守ることが、われら二人の何よりのつとめじゃ。」

舟が、来島《くるしま》の岬《みさき》をまわった。小さいながら来島《くるしま》も、瀬戸内《せとうち》を守る大切な島のひとつだ。

来島《くるしま》のもののしい砦《とりで》が、瀬戸内《せとうち》の海のただならぬけはいをつたえる。

来島《くるしま》の瀬戸《せと》には、大きな渦《うず》がまく。その渦潮《うずしお》のように渦《うず》まく、きびしい世のうごきが、二人のまわりに、またひしひしと迫《せま》ってくる。

夢《ゆめ》のような想《おも》いの二日を過《す》ごした後であればこそ、なおのこと、思いがけぬ早さでむすばれた喜びにおぼれまいとつとめて、二人の心は逆にきりきりと張りつめる。

つると明成《あきなり》は、口をきっとしめて、一刻《こく》ほど何も語ろうとはしなかった。

舟べりをたたくかるい波の音をくぐって、四人のかじ取りがぎいこぎいことこぐかじ音だけが、しずかな海をわたっていく。

日が高くのぼった。そろそろ昼が近い。

さきほどから、へさきで釣《つ》り糸をたれていた三郎じいが、二人の張りつめた気持ちをときほぐすように、笑《わら》いかけた。

「そうれ、姫《ひめ》さま。

大きな鯛《たい》が、釣《つ》れましたぞ。

わしはめでたいいじゃによって釣《つ》ってくれと、針《はり》にかかってきよりましたわ。

それも、赤と黒二匹《ひき》打ちそろってのごあいさつじゃ、はっはっはっ。」

舟板の上には、ひとかかえもありそうな赤鯛《あかだい》と黒鯛《くろだい》が、でんでんおどっている。赤鯛《あかだい》といっても、釣《つ》りあげたときは紫《むらさき》に近く、だんだん赤くなってくる。

「ほんに大きな鯛《たい》じゃなあ。」

三郎じいの笑顔《えがお》につられて、つるも笑《わら》う。

「それに、なかなかうまそうじゃ。」

明成《あきなり》さえ、鯛《たい》を見おろして笑《わら》った。

「そうじゃ、よいことを思いつきましたぞ。」

三郎じいが、とんと自分の腕《うで》をたたく。

「今から、じいが腕《うで》をふるって、鯛《たい》めしをつくって進ぜましょう。

ほれほれ、かねどの。そなたも、手伝《てつど》うておくれ。」

三郎じいは腕《うで》まくりして刃物《はもの》をもつと、器用《きよう》な手さばきで、二匹の鯛《たい》をば、手ばやく大切りのさしみや焼きものや吸《す》い物《もの》の実に料理した。そして、炭火をおこし、鍋《なべ》をかけ、鯛《たい》のぶっきりを投げこんで、あついうしお汁《じる》をつくる。

かねは、手まわしよく用意してあっためしびつから、ご飯《はん》をよそい、煮《に》しめの重箱《じゅうばこ》のふたをあけ、酒のとくりまで並《なら》べた。

舟いっぱいに、うまそうなごちそうのにおいがただよう。

つるが、三郎じいにいった。

「かじ取りたちにも手を休めさせ、みんなでいっしょにお昼にしよう。」

「それはまあ、かたじけないことでございます。さぞ、みんなも喜びますでしょう。」

三郎じいは大声で、かじ取りたちに声をかけた。

「それ、みんな。

つる姫《ひめ》さまの思《おぼ》しめしじゃ。

ちいと手をやすめて、ごいっしょにごちそうになろう。」

まっくろに日焼けした四人のかじ取りたちは、顔いっぱい口にするほどうれしそうに笑《わら》いながら、かねからさかずきをうけとった。

「これは、どうも。

まことに、ありがたいことでございます。

つる姫《ひめ》さま、明成《あきなり》さま。

いただきまする。」

「うむ、ゆるりとやってくれ。」

明成《あきなり》が、いかにも若《わか》い水軍《すいぐん》の将《しょう》らしく、おおらかにうなずく。

つるは明成《あきなり》のとなりによりそって、うら若《わか》い夫婦《めおと》のように並《なら》び、明成《あきなり》の皿《さら》にさしみなどをとりわけてやる。

「明成《あきなり》どのは、何がお好きじゃ。」

うしお汁《じる》をすすっていた明成《あきなり》が、いう。

「何でも。」

二人のやりとりを、見るともなく見ていた三郎じいが、うなった。

「ふううむ、ほんにお似合《にあ》いでいらっしゃいまするのう。

おそばにいるせいか、酒のせいか、何やらこう腹《はら》やら胸《むね》やら、ぽうっとあたたかくなってきたようですぞ。

わっはっはっは。

いや、おめでとう存《ぞん》じまする。

このめでたさにあやかって、わしらの寿命《じゅみょう》まで伸《の》びましょうわい。はっはっは。」

「わっはっ、まことにまことに。」

すっかり酒のまわった三郎じいのことばに、つるたちの後ろに丸《まる》く陣《じん》どって、さしみをほおばっていたかじ取りたちが、どっと陽気な声をあげる。

「これ、三郎じい。」

たしなめながら、かねまでころころと笑《わら》う。

いくらかたしなんだ酒のためか、ほんのりあからんだほほで、つると明成《あきなり》は、困《こま》ったように顔を見合わせながら、湧《わ》きあふれてくるうれしさが、ひとみからこぼれる。

どこまでも明るい秋の海には、たのしげな笑《わら》いをのせた舟が、ゆったりとゆれていた。


つると明成《あきなり》の舟は、つく港《みなと》すぎる島々で、祝《いわ》いのことばにつつまれた。その舟にも、今はしずけさがもどり、舟べりをたたく波音と、ぎいこぎいこのかじ音だけが高い。

海は、ゆっくりとたそがれていく。

夕日に映《は》えて、金と朱《しゅ》に燃える、空と雲と海。

はなやかな海の夕映《ゆうば》えの色のまぶしさは、つるに、ゆうべ母から贈《おく》られた金銀綾錦《きんぎんあやにしき》の婚礼《こんれい》の朝の打《う》ち掛《か》けを、思いださせた。打《う》ち掛《か》けを入れた黒塗《くろぬ》りの長持ちは、舟の後ろに積んである。

(来年の春。

桜《さくら》の花のほころぶころ。

あの打《う》ち掛《か》けをはおって、つるは、明成《あきなり》どのと結ばれるのじゃ。)

そう思うと、つるの胸《むね》の奥《おく》には、娘《むすめ》らしいあまやかなしあわせが、ほのぼのとにおい立つ。

つるは、明成《あきなり》を見やった。

明成《あきなり》は、先ほどからずっと舟のへさきに立ち、夕日に向かって、するどいまなざしを投げていた。濃《こ》い眉《まゆ》がくっきりとひいでた男らしいその横顔に、夕映《ゆうば》えがあかい。

つるは立ち上がり、つと明成《あきなり》のかたわらに寄った。

「明成《あきなり》どの。」

つるの長いつややかな黒髪《くろかみ》が、夕風になびき、あつい明成《あきなり》のほほを、涼《すず》しくなでる。

あまりにもひとすじにつるを恋《こ》う自分の心に、じっと耐《た》えていた明成《あきなり》の身の内を、その時にわかに、火のような稲妻《いなずま》が走った。明成《あきなり》は、われしらずつるの手をとり、力をこめてにぎりしめた。

「つる姫《ひめ》。」

二人の目のかなたに、大きな金色の夕日が、今、満《み》ち潮《しお》の朱《しゅ》の海に沈《しず》む。そして、金のさざ波が、ひたひたと海一面に散る。

目もあやな金と朱《しゅ》にゆれる夕波をわけて、つると明成《あきなり》をのせた黒《くろ》い舟影《ふなかげ》が、小さく小さくささ舟に似《に》た形で、消えていった。

海鈴の章

炎《ほのお》

春あさい瀬戸内《せとうち》の海に、時どき立ちこめる霧《きり》は、春がすみなどという生やさしいものではない。雨雲に似《に》た重い灰色の霧《きり》が、なめるようにしろじろと海面をはう。島という島は、霧《きり》にのまれて姿《すがた》を消す。目の前にきた舟のへさきさえ見えない。

これは、南から吹《ふ》きあげるあたたかい風が、北の空のまだ冬がのこる冷たい風と、ちょうど瀬《せ》戸内《とうち》の海のま上でぶつかり、急に冷やされて、濃《こ》い霧《きり》になるためだという。

くる日もくる日も深い霧《きり》のたれこめるきょうこのごろ、明成《あきなり》はなぜか心さわいでならぬ。近づく敵《てき》のけはいを感じるのだ。

明成《あきなり》は、城《しろ》の物見やぐらに登った。見張りたちが五人、食い入るばかりに霧《きり》の海を見つめている。

「見張り方、ごくろう。

霧《きり》の日は見通しがきかぬゆえ、攻《せ》め寄《よ》せる敵方《てきがた》には、ことさら都合《つごう》がよい。

先ほど、忍《しの》びの舟も出しておいたが、おまえたちも、心してしっかり見張ってくれい。耳をたて、あやしいかじ音にも気をつけろ。敵方《てきがた》の舟に気づいたら、すぐのろしを上げるのじゃ。

よいな。」

そして明成《あきなり》は、霧《きり》のかなたにきびしい目を投げ、腕《うで》を組んだ。

(海の荒《あ》れる冬の間は、鳴りをしずめていた敵方《てきがた》ではあるが、三島城《みしまじょう》のすきをうかがいつづけていたにちがいあるまい。

先代城主安房《せんだいじょうしゅやすふさ》どのが果《は》てられた今、十六を迎《むか》えられた姫《ひめ》が、おとめの身で城主《じょうしゅ》をお継《つ》ぎになられたことも、あるいは敵方《てきがた》につけこむ心を、あたえておろう。

打ちつづくたたかいに、三《み》島水軍《しますいぐん》の兵も舟も、すっかり数を失《うしの》うてしもうた。小海城《こうみじょう》、宗方《むなかた》城《じょう》の力を合わせても、その勢いは知れている。残るは老兵ばかりじゃ。

若《わか》く力あるものから、先へ先へと散ってしまうのが、いくさというもの。

こうなっては、三島城《みしまじょう》もあと一押《ひとお》しとたかをくくった敵方《てきがた》が、攻《せ》め討《う》ってくる日も、決して遠くはあるまい。

姫《ひめ》を守り城《しろ》を守るためには、もうこれきり船数つわものの数を減《へ》らすわけには、いかぬ。

さて、次のたたかいのすべは、いかがしたものか。)

明成《あきなり》はひとり、姫《ひめ》や城《しろ》の立場を思い、島の行く末を考えて、いざという時の戦術《せんじゅつ》を、あれやこれやと思いめぐらした。

(そうじゃ。

いざとなれば、あの戦術《せんじゅつ》を。)

やがて、明成《あきなり》の心には、一つの強い決意が根をおろした。三島水軍《みしますいぐん》の戦術《せんじゅつ》の最後の秘法《ひほう》を、使うことだ。

明成《あきなり》はやぐらを、かけおりた。

「兵助《へいすけ》はおらぬか。

兵助《へいすけ》、すぐここへ。」

ずんぐりと目つきのするどい兵助《へいすけ》が、たちまち明成《あきなり》のまえにひざをつく。

「ご用でござりますか。」

「兵助《へいすけ》。

おまえも、安神山《あんじんやま》のふもとの岩穴で、三島水軍秘伝《みしますいぐんひでん》の火薬がつくられていることは、知っておろう。

今夜、夜の暗いうちに、岩穴からあるだけの火薬と火薬玉をはこびだし、大将船《たいしょうぶね》につむのじゃ。そして、火舟《ひぶね》の用意をしておけ。

よいな、だれにも見つからぬよう、気をつけてやれよ。敵方《てきがた》の忍《しの》びのものが、どこにひそんでいるやもしれぬ。」

明成《あきなり》の声は、低かった。

兵助《へいすけ》は、ぎくっとした目を上げた。

「では明成《あきなり》どのは、あの術《て》をお覚悟《かくご》で。」

何もいわず、明成《あきなり》はうなずいた。

その秘法《ひほう》は、決してかるがるしく使ってはならぬ戦術《せんじゅつ》である。だからこそ明成《あきなり》は、それをだれかほかのものに命じることを、自分に許すことができなかった。

年が明けてからのつるは、一朝めざめるごとに、洗われた真珠《しんじゅ》のように美しくなる。つるのまわりがぱっと明るくかがやくほどの、清らかなまろやかさは、見ている明成《あきなり》の胸《むね》をしめつける。

明成《あきなり》は、迫《せま》ってくるたたかいについても、自分の心の決意のほども、つるには語らなかった。

三月の末、島に花のつぼみがほころび始めるころには、つると明成《あきなり》の婚礼《こんれい》がさだまっている。

ただその日のためにと、つるは奥《おく》の間にこもり、かねを相手《あいて》に婚礼《こんれい》のしたくにたのしげだ。

「明成《あきなり》どの、ごらんなさりませ。

この美しいお衣裳《いしょう》を。

まあ、ご婚礼《こんれい》の日のお姫《ひ》いさまは、どんなにお美しくていらっしゃることでしょう。

明成《あきなり》どのも、ほんにおしあわせな殿《との》ごでおいでじゃ。」

つるの居間《いま》をたずねた明成《あきなり》を、かねがひやかす。

つるはだまって、花がひらくようにほほえんだ。居間《いま》には、色とりどりの重《かさ》ね小袖《こそで》がひろげられ、今、香《こう》がたきこめられている。

やさしくうるんだつるのひとみは、もう剣《つるぎ》も弓《ゆみ》もたたかいも、ただならぬ雲行きに追いこまれていく島のことも、忘《わす》れ去っているらしい。

明成《あきなり》に負けまいと、少年めいたふるまいの日々をすごしていたあのつるは、どこへ行ったのか。

あの勇ましい姫《ひめ》よろいの娘大将《むすめたいしょう》の影《かげ》は、つるのどこにのこっているのか。

明成《あきなり》は、思いがけないほどのつるの変わりようが、たまらなくいとしかった。

（それでよいのじゃ、姫《ひめ》は。

それゆえにこそ、姫《ひめ》の肩《かた》にかかる重いつとめが、明成《あきなり》にはいたいたしゅうてならぬ。

ああ、もう明成《あきなり》は、決してそなたを、むごいたたかいの血しぶきには、さらさせませぬぞ。

この命にかえても、姫《ひめ》よ、そなたの美しいお命は、守ってさしあげますぞ。）

無心にさんごの玉かざりをみがくつるの、つややかな髪《かみ》のゆれを見つめながら、明成《あきなり》は誓《ちか》いのこぶしをにぎりしめていた。

その二日後の日暮《ひぐ》れ近く。

釣《つ》り舟からとびおりた忍《しの》びのものが、目の色を変えて、三島城《みしまじょう》の広間にかけこんだ。

「明成《あきなり》どの。大内方《おおうちかた》が陶晴賢《すえはるかた》を総大将《そうだいしょう》に、兵五千、船三百五十隻《せき》。上蒲刈島《かみかまがりじま》から御手洗沖《みたらいおき》にすすんでおりまする。」

陶晴賢《すえはるかた》といえば、大内方《おおうちかた》でも指折りの名将《めいしょう》。それを総大将《そうだいしょう》に大きな船団を組んで攻《せ》めてくるとは、今度こそ大三島《おおみしま》をうばいとろうとの、なみなみならぬ意気ごみが、うかがわれる。

きりりと明成《あきなり》の眉《まゆ》が、あがった。

「して、風向きは。」

「はい。それが、まことに残念ながらも、風は南西の風。敵方《てきがた》は、追風《おいかぜ》にのって矢のいきおいにございます。」

「うむ。」

明成《あきなり》のまなこに、強い決意の光が走った。

「いざ、出陣《しゅつじん》ぞ。」

灰色の霧《きり》の夕空に、あかいのろしが飛ぶ。

陣太鼓《じんだいこ》が、とどろく。

明成《あきなり》が、命じる。

「あるだけの船を、出せ。

魚鱗《ぎょりん》の備《そな》えで、船をすすめよ。」

魚鱗《ぎょりん》の備《そな》えとは、大将船《たいしょうぶね》を中心に剣先《けんさき》のように三角形をつくってすすむ形で、船数の少ない時、身を守りながら向かう陣《じん》だ。

いよいよはげしく陣太鼓《じんだいこ》が、ひびく。

武者船《むしゃぶね》・大将船《たいしょうぶね》・弓船《ゆみぶね》・早船《はやぶね》、台《うてな》の浜《はま》にずらりと、船がへさきをそろえた。

早馬を駆《か》って、宗方城主鳥生貞元《むなかたじょうしゅとりうさだもと》もかけつける。

ふたたびがっちりとよろいに身をかためたつるも、まろやかなほほをくれないにそめて、大将《たいしょう》船《ぶね》に向かい台《うてな》の浜《はま》を走る。

「姫《ひめ》。」

そのつるの肩《かた》を、明成《あきなり》が押《お》しとどめた。

「姫《ひめ》、こよいは、御出陣《ごしゅつじん》あそばされるな。

たたかいは、この明成《あきなり》におまかせくだされ。」

「何を申すか、明成《あきなり》どの。」

つるのひとみが、きっと見ひらかれた。

「つるは、城主《じょうしゅ》じゃ。

島を守れと、先代様《せんだいさま》から遺言《ゆいごん》されておる身じゃ。

さっ、放せ、その手を。」

つるは、明成《あきなり》の手をふりほどこうと、あらがう。しかし明成《あきなり》は、その手を放すどころか、つるを真正面から、力いっぱい抱《だ》き止めた。ぐいとつるを見つめる明成《あきなり》のまなこに、のろしのあかい火がきらきらと光る。

「姫《ひめ》。

明成《あきなり》の心を、おわかりくだされ。

こよいのたたかいは、常にもましてけわしいのじゃ。

姫《ひめ》に、もしものことがあっては。」

つるは、はげしくかぶりをふる。

「えいっ、放さぬか。

たたかいが、けわしければけわしいほど、なおのこと。

つるは、行く。

行かねばならぬのじゃ。」

いいつのるひとみの色に、ふと幼《おさな》いころの負けん気の強かったつるが浮《う》かぶ。明成《あきなり》の身を、その時、つるへのたえられぬほどのいとしさが、つらぬいた。

「ああ、姫《ひめ》。」

明成《あきなり》は、ひそかに心いっぱいの別れをさけびながら、力のかぎりつるを抱《だ》きしめた。よろいとよろいがぶつかって、かちりと鳴った。

一刻《こく》をあらそう今だ。もうこれ以上つるを押《お》しとどめていることは、許《ゆる》されない。

また、城主《じょうしゅ》として出陣《しゅつじん》せねばやまないつるの気性《きしょう》も、明成《あきなり》にはいたいほどわかる。

つるにつづいて、明成《あきなり》は、大将船《たいしょうぶね》にとび乗った。

強い南西の風が、吹《ふ》きつける。

三島水軍《みしますいぐん》の船団は、逆風《ぎゃくふう》を押《お》してすすむ。

しかも、潮《しお》は風の向きに流れるのだ。船足は、思うようにはかどらぬ。

明成《あきなり》は、大将船《たいしょうぶね》に軍将《ぐんしょう》たちを集めた。

宗方城主貞元《むなかたじょうしゅさだもと》が、口を切る。

「三島水軍《みしますいぐん》の勢《ぜい》は、兵は千、船は百隻《せき》に足りませぬ。

潮《しお》の流れも風向きも、兵や船の数も、何もかもが、三島水軍側《みしますいぐんがわ》には不利でござる。

これは一度、大三島《おおみしま》に引き返し、わが手の内にて、敵方《てきがた》を迎《むか》え討《う》つ方がよいのではありませぬか。」

居並《いなら》ぶものも、口ぐちにいう。

「鳥生《とりう》どのの、申されるとおりじゃ。

このままにては、三島側《みしまがわ》の打つ手はまず考えられませぬ。

やはり、ここで引き返した方が上策《じょうさく》では。」

じっと口をひきしめていた明成《あきなり》が、この時強く首をふった。

船を引き掛《か》けて、たぐる。

つるは、大将船《たいしょうぶね》のやぐらに立ち、しきりに火矢を射放《いはな》つ。そのたびに、火矢の明りで、つるのはりつめた美しい顔が、ぽっと炎《ほのお》に映《は》えて浮《う》かぶ。

明成《あきなり》が、さけんだ。

「姫《ひめ》。お姿《すがた》を、敵《てき》に見せてはなりませぬぞ。」

水軍《すいぐん》の最高の勝利は、相手方《あいてかた》の大将船《たいしょうぶね》の乗っ取りと、大将《たいしょう》の生け捕《ど》りにある。また生け捕《ど》りにされることは、大将《たいしょう》にとってこの上もない恥《は》ずかしめともなった。

とっさに、明成《あきなり》は知った。

(陶《すえ》は、われらがつる姫《ひめ》を、生け捕《ど》る心だな。

何を、こしゃくな。

明成《あきなり》の命にかけても、そのようなこと、許しはせぬ。)

敵《てき》の大将船《たいしょうぶね》は、なおもじりじりとつるの乗る船に近づく。

(もう待てぬ。時じゃ。)

明成《あきなり》は、兵助《へいすけ》に命じた。

「火舟の用意じゃ。

すぐ火舟をおろせ。」

「はっ。」

ただちに小舟が、海に投げられた。中には、火薬玉五十と火薬をまぜた柴木《しばき》が、山と積んである。その山のまん中には、火薬と干しよもぎをつめた竹筒《たけづつ》がつき立てられ、その切り口には、もう火が燃え始めている。

「おお明成《あきなり》どの、火舟を覚悟《かくご》されてか。」

顔をひきつらせてかけつけた宗方城主鳥生貞元《むなかたじようしゆとりうさだもと》の腕《うで》を、明成《あきなり》は固くつかんだ。

「貞元《さだもと》どの。

明成《あきなり》の火舟が出たら、すぐ『退《ひ》け』の合図《あいず》を、打って下され。できるだけ早く、ここから遠くへ、退《ひ》いていくのじゃ。

貞元《さだもと》どの。明成《あきなり》のただ一つののぞみじゃ。姫《ひめ》を、つる姫《ひめ》を、何とぞ末長くお守り下され。」

そこへ、色を変えたつるが、走り寄ってきた。

「あっ明成《あきなり》どの、何となさるおつもりか。」

明成《あきなり》は、答えなかった。

そして、ただ一度だけ、つるをふり返ったそのまなこから、つるの魂《たましい》をさしつらぬくような光

がきらめいた。

「さらばじゃ、姫《ひめ》。」

まだことばも終らぬうちに、明成《あきなり》は火舟に飛びおりた。

ぶすぶすいぶっていた火薬の小山は、その時、どっどっどっと、炎《ほのお》を吹《ふ》き上げた。

「おおう、火舟じゃ。」

敵《てき》の大将船《たいしょうぶね》から、おそれうろたえるどよめきが、上がった。

逃《に》げまどう大将船《たいしょうぶね》に向かって、まっしぐらにかじを取る明成《あきなり》の背《せ》が、燃え上がる炎《ほのお》にあかく映《は》える。

つるは、船べりにとりすがり、さけび呼《よ》んだ。

「行ってはならぬ、ならぬ、ならぬ。

もどって、もどってくだされぇ。

明成《あきなり》どのう。」

そのあとはもうことばにもならぬ、鋭《するど》い嘆《なげ》きのさけびが、つるののどをさく。

「ああ、ああ、ああ、
明成《あきなり》どのう。」

狂《くる》ったように目をすえてさけびつづけるつるの肩《かた》を、力いっぱいかかえながら、宗方城主鳥生《むなかたじょうしゅとりう》貞元《さだもと》は、声をからして命ずる。

「退《ひ》け、退《ひ》け。

退《ひ》け。」

とこ・とこ・とこ・とん・とん・てん・たい・・・・退陣《たいじん》の太鼓《たいこ》が打ちならされる。

そして、まっすぐに敵《てき》の大将船《たいしょうぶね》に突《つ》きすすむ明成《あきなり》の火舟をあとに、三島水軍《みしますいぐん》の船は、早かじを取っていっせいに退《ひ》きさがっていく。

その時だ。

どどどっと、耳もつんざく大音響《だいおんきょう》が、海をゆすった。明成《あきなり》の火舟が、炎《ほのお》そのものとなった。敵《てき》の大将船《たいしょうぶね》は、ま二つにわれて、大きな炎《ほのお》の鳥となり、空に舞《ま》い上がったと見ると、たちまち海へたたきつけられた。目もくらむ火の粉が八方へ飛び散り、大将船《たいしょうぶね》をとりかこんでいた大船小船に、ふりかかる。

瀬戸内《せとうち》の海は、燃え上がり煮《に》えたぎった。

すべては、ほんのひとときの出来事《できごと》だった。

つるは今はもう、城主《じょうしゅ》でも娘武者《むすめむしゃ》でもない。だれよりもいとしい人が、炎《ほのお》と燃え、火の粉と散

るのを、目の前にしたひとりのおとめだった。

生きているとは思われぬほど青ざめたつるの顔に、かわいたまなこが、うつろに見ひらかれている。その手からは、にぎりしめていた弓《ゆみ》が、ころりと落ちた。

「つる姫《ひめ》さま、姫《ひめ》さま。

お気をたしかに、持ちなされるのじゃ。」

老《お》いた宗方城主貞元《むなかたじようしゆさだもと》のしわがれた声が、水の底に消えるように遠く、つるの耳にひびく。つるはそのまま、船底にたおれ伏《ふ》し、うごかなかった。

大三島《おおみしま》へ向かう三島水軍《みしますいぐん》の黒い船影《ふなかげ》の上には、炎《ほのお》でうすあかくゆれる空の奥《おく》に、十三夜の月が淡《あわ》くにじんでいた。

竜《りゅう》神《じん》

真夜中の三島城《みしまじょう》の庭に、沈丁花《ちんちょうげ》がひめやかにかおる。

たしかに、島は守られた。そして何より、明成《あきなり》のねがいどおり、つるの命も守られた。しかしこれを勝ちいくさと、喜べるだろうか。

つるのまなこは、狂《くる》った人のように光を失った。かわききったひとみには、一しずくの涙《なみだ》さえない。

城《しろ》へ引き上げたつるは、重いよろいをはずしもせず、低くつぶやいた。

「かね、馬じゃ。

馬に、くらをおけ。

すぐ、神殿《しんでん》にまいる。」

まもなく、うっそうと茂《しげ》る楠《くす》の森の闇《やみ》へ、つむじ風かと消えていく白い馬があった。

大山祇神社《おおやまずみじんじゃ》の神殿《しんでん》では、早くもすべてを知った大祝安舎《おおほうりやすおき》が、神前《しんぜん》にひれ伏《ふ》していた。

たとえ、どんな時がおとずれようと、決して剣《つるぎ》をとってはならぬという、きびしい神のおきてのために、うら若《わか》いおとめの妹つるを、いくさの海へ出さねばならぬ兄だ。ただ一夜のうちに、まろやかだったほほの肉も落ち、美しかった目のかがやきもうせたつるのいたましさに、兄は胸《むね》がえぐられる。

兄の後ろに手をついたつるは、たったひとこと、かすれた声でいった。

「兄上さま。明成《あきなり》どのが、炎《ほのお》に。」

そのままつるは、神殿《しんでん》の暗い冷たい床《ゆか》の上に、ぱたりとつっぷしてしまった。

それから、一刻《こく》あまりもたっただろうか。

おそろしいまでに静まりかえった神殿《しんでん》に、目もくらむばかりの光が、さっとさしこんだ。その光の中を、身をくねらせて舞《ま》い降《お》りてくる、竜神《りゅうじん》の姿《すがた》。

「おお。」

ひたいに乱《みだ》れる髪《かみ》もそのまま、つるは竜神《りゅうじん》をさしあおぐ。竜神《りゅうじん》のぎらぎらきらめく大きなまなこが、ひたとつるの目をとらえた。

するとその時、つるの耳に、はるかな遠い声がきこえてきた。まるで、天のかなたからでも、ひびくように。

「つるよ。

もう一度、立て。

この夜明けをねらって、敵方《てきがた》の残りの船が、三島城《みしまじよう》の息の根をとどめに、攻《せ》め寄せる。

今すぐにも、先手を打つのだ。

さあ、立て。

たたかえ。

行け。

つるよ。」

その声は、父に似《に》ていた。亡《な》き兄に、似《に》ていた。明成《あきなり》に似《に》ていた。いや、それはだれの声でもない、つる自身の強い意志と冴《さ》えた知恵《ちえ》の声だったのかもしれない。

くっきりと見ひらいたつるのひとみに、みるみるきびしい光が、みなぎっていく。

(どんな時にでも、あるかぎりの力をつくして生きるのが、つるのつとめじゃ。)

つるは、まっすぐに背《せ》を伸《の》ばし、ひざをそろえて、神前《しんぜん》にすわった。

「ねがわくば神よ。

つるに、今一度立つ、力と勇気とを、
さずけたまわんことを。」

心からの深い祈《いの》りをこめて、音高く打つ柏手《かしわで》。つるは、立ち上がった。

城《しろ》の大広間には、宗方城主鳥生貞元《むなかたじょうしゅとりうさだもと》をはじめ、三島水軍《みしますいぐん》のつわものたちが、つかれきって横たわっていた。

そこへかけこんだつるは、大声をはってりんとさけんだ。

「起きてくれ、みなのもの。

きけ、神のお告《つ》げじゃ。」

つるのことばは、ひとびとのつかれた心をば、水をあびせかけたようにめざませる、ふしぎな力に満ちている。われしらずとび起きたつわものたちは、息をのんでつるをあおぎ見た。

燃えるかがり火を背《せ》に立つつるの影《かげ》が、大きくくろぐろと高い天井《てんじょう》にゆれて、人の心をゆすぶる。

「みなのもの、よくきけ。

われらは、今一度出陣《しゅつじん》し、残る敵方《てきがた》の船に追い打ちをかけて、その息の根をとめるのじゃ。あすをまてば、ふたたび力をとりもどした敵方《てきがた》の手に、うらはらにこの大三島《おおみしま》がうばわれよう。大三島《おおみしま》のさだめは、ただわれらの手にあるのじゃ。打ちつづくたたかいに、みなもつかれてはおろうが。今ひとたび、このつるに、力をかしてくれぬか。」

「おう。」

たちまち、力強い答えが、大広間いっぱいにこだまする。つわものたちはみな、つるのあやしいまでのはげしい気迫《きはく》に魅《み》せられて、つかれも忘《わす》れてすっくと立ちあがった。

早春の海は、変わりやすい。

折から、城《しろ》の外には、春を呼《よ》ぶ夜の嵐《あらし》が、ごうごうと吹《ふ》き荒《あ》れ始めていた。

忍《しの》びのものの舟が、かえった。

「姫《ひめ》さま、申し上げます。敵船《てきせん》はまだ、御手洗《みたらい》の浜《はま》に嵐《あらし》をさけております。」

かわいたつるのひとみが、きらりと光る。

「わかった。

すぐに船を出せ。

嵐《あらし》など、おそれてはならぬ。

波風高ければこそ、この嵐《あらし》にまさかわれらが襲《おそ》うことはあるまいと、敵《てき》は油断《ゆだん》しておろう。

そこを、つくのじゃ、ねらうのじゃ。

この嵐《あらし》をば、われらが力となすのじゃ。」

午前三時。

つるは、三島水軍《みしますいぐん》に残るすべての船、大船小船合わせて二十三隻《せき》をしたがえて、ごうごうとさかまく暗い嵐《あらし》の海へと出発した。

（もしこれで負けたら、三島水軍《みしますいぐん》は終りじゃ、大三島《おおみしま》も終りじゃ。）

つるもつわものたちも歯《は》をくいしばり一言《ひとこと》もいわないけれど、必死《ひっし》の思いは同じだ。

渦《うず》をまくように吹《ふ》いていた、かじの取りにくい風が、この時、急に風向きを変えた。

御手洗《みたらい》の沖《おき》へ向かって吹《ふ》く、強い南東の追風《おいかぜ》になったのだ。東風は、春を呼《よ》ぶ風である。

「おお、三島明神《みしまみようじん》のお助けじゃ。」

かじ取りたちは、喜びの声をあげた。

（御手洗《みたらい》の瀬戸《せと》は、潮《しお》の流れが速い。

南東の追風《おいかぜ》が強ければ強いほど潮《しお》にのった船はすすみやすい。逆《ぎゃく》に向こうからは、船をすすめにくくなるのです、姫《ひめ》さま。)

いつか明成《あきなり》におしえられたことばが、今つるの耳によみがえる。つるは、固く両手を合わせ、明成《あきなり》の名を心に呼《よ》びつづけた。

(明成《あきなり》どの、明成《あきなり》どの。

そなたにおしえられたたたかいの術《て》を、今つるただひとりで、すすめています。

力を、どうぞ力を、おかし下され。)

船団は、明成《あきなり》の魂《たましい》にみちびかれでもするように、追風《おいかぜ》と早い潮《しお》にのり、まっしぐらに御手洗《みたらい》の沖《おき》へと走る。

大きな波が、頭からつわものたちを打つ。

吹《ふ》きすさぶ嵐《あらし》に、つるの黒髪《くろかみ》が乱《みだ》れなびく。

暗闇《くらやみ》と鳴りとどろく雨風の音にまぎれて、つるのすすめる船団は、御手洗《みたらい》の沖《おき》へはいった。見はるかせば御手洗《みたらい》の浜《はま》にずらりとへさきを並《なら》べた五十隻《せき》近い敵方《てきがた》の船には、人影《ひとかげ》もまばら、何も気づいてはいない様子《ようす》だ。

つるのかたわらにきた宗方城主鳥生貞元《むなかたじょうしゅとりうさだもと》がしわがれ声で耳うちした。

「姫《ひめ》さま。

御手洗《みたらい》の港《みなと》には、潮《しお》や風の都合《つごう》がわるい時、舟人たちをなぐさめる遊女《ゆうじょ》の館《やかた》がございまする。

船に人影《ひとかげ》の少ないのは、大内勢《おおうちぜい》が、われらに気を許して、女たちとたわけておるゆえに、ちがいありませぬぞ。」

「今が時じゃ。」

つるは、さけんだ。

「のろしを、あげろ。

攻《せ》めの合図《あいず》を、打て。」

嵐《あらし》の空に、まっかなのろしが飛ぶ。

とこ・と・こ・とこ・とこ・と・こ・てん・たい・・・・攻《せ》めの陣太鼓《じんだいこ》がひびく。

つづけて、つるは命じた。

「思い切り敵船《てきせん》に、近づけ。

船という船に、火をなげろ。」

「うおう、うおう、うおう。」

雄叫《おたけ》びとともに、三島水軍《みしますいぐん》の船からいっせいに打ちなげられる、大たいまつ、火矢、火縄《ひなわ》、炮《ほう》碌《ろく》。

折よく雨足がよわまり、風だけが吹《ふ》きつのる。しかもその風は、御手洗《みたらい》の浜《はま》に吹《ふ》きつける追風《おいかぜ》だ。

ものすさまじい風にあおられて、どどうと火を吹《ふ》く船。燃え上がる船。焼けしずむ船。まっかな炎《ほのお》の柱が、海に突《つ》きささる。

赤い吹雪《ふぶき》のようにふりかかる火の粉に、つるのほほが、つわものの腕《うで》が、じりじりと焼けこげる。

その火の粉をはらいもせず、なおもつるは命じる。

「焼きつくせ。

焼きつくすのじゃ。」

火の海に立ってさけぶつるのよろいに、ぎらぎらと炎《ほのお》が照り映《は》えて、さながら竜神《りゅうじん》の化身《けしん》を思わせる。

御手洗《みたらい》の海は一面、炎《ほのお》の野となった。

不意をつかれた敵方《てきがた》の男たちは、よろいもまとわず、火の浜《はま》を右往《うおう》左往《さおう》走りまわり、矢にたおれ、火に焼かれる。

「わあ、わあ、わあ。」

御手洗《みたらい》の空は、嵐《あらし》と炎《ほのお》と人のさけびにぐらぐらとゆらめく。

こうなっては、さすが強敵《きょうてき》の大内勢《おおうちぜい》も攻《せ》めを返すどころではない。わずかにのこった火のつかぬ船の、命からがらわれがちに逃《に》げだす影《かげ》が、嵐《あらし》のやみに消えていった。

「姫《ひめ》さま。」

忍《しの》びのものが、手をつく。

「もはや、御手洗《みたらい》の港《みなと》には、まともな敵船《てきせん》は一隻《せき》とてありませぬ。」

「そうか。」

つるは、思わずくず折れそうになる両足をふみしめて、しずかにうなずいた。

「姫《ひめ》さま。

おみごとでしたぞ。」

つるをほめたたえる宗方城主貞元《むなかたじょうしゅさだもと》の老いくぼんだ目に、きらりと涙《なみだ》が光る。

とん・と・こ・とん・と・こ・とん・とんとん・・・・勝利の太鼓《たいこ》が、夜明けの空に鳴りわたる。

けれども、今はただつかれはてたつわものたちには、勝ちどきをあげる力さえ残ってはいない。

男たちはみなよろいのまま船底にたおれ、ねむり伏《ふ》していた。

嵐《あらし》は、しずまった。

船は、かじ取りたちの腕《うで》がつかれ切っているせいか、ゆっくりと城《しろ》をめざす。

海が、あかあかと朝焼けにかがやく。嵐《あらし》のあとは、へんに空が燃えるものだ。

その朝焼けの空に、つるは見た。

血がにじむかとばかり朱《しゅ》にそまった海原《うなばら》から、金色にきらめく竜神《りゅうじん》が舞《ま》い上がり、つるをさし招《まね》くように身をくねらせながら、夜明けのむら雲の奥《おく》へ消えていったのを。

つるは、うつろなひとみを見ひらいたまま、だれにともなくつぶやいた。

「竜神《りゅうじん》が、つるを呼《よ》んでいるのじゃ。明成《あきなり》が、つるを呼《よ》んでいるのじゃ。」

海《うみ》鈴《すず》

つるが、大内勢《おおうちぜい》の船を討《う》ちほろぼし、大三島《おおみしま》を守りぬいたというはなしは、島から島へ伊予《いよ》の国まで、矢のように飛んだ。

「つる姫《ひめ》さまが、大三島《おおみしま》を守りぬいてくだされたぞ。」

「御手洗《みたらい》の浜《はま》で、大内勢《おおうちぜい》の船はみな、焼きはらわれてしもうたと。御手洗《みたらい》のあたりから海は、まっくろこげの船柱や船板で、いっぱいだと。」

「ありがたいことじゃ。つる姫《ひめ》さまは、三島明神《みしまみようじん》さまのお化身《けしん》やもしれぬ。これで、わしらも心やすらかに暮《く》らせるわ。」

「ほんにほんに、うれしいことよのう。」

うららかに晴れた瀬戸内《せとうち》の春早い朝は、ひとびとの喜びの声につつまれていった。

しかし、海にただよう喜びのどよめきをよそに、三島城《みしまじよう》の奥《おく》の間には、つるがただひとり、白い壁《かべ》を見つめて、魂《たましい》を失った人のようにすわっていた。血の気の引いたほほに、おくれ毛が乱《みだ》れかかる。

(ああ、何もかも、終ってしもうた。

たたかいも。

つるのつとめも。

明成《あきなり》とちぎった夢《ゆめ》も。)

そう思うと、今までつるをささえつづけてきたあやしい力が、うそ冷たい風になって、どこからともなく抜《ぬ》けでていく。つるは、にわかに岩を着たように重くなったよろいを、やっとの思いでぬぎすてた。つるにはもう、何をする力も何を考える力も残っていない。ただその場にどっとたおれ伏《ふ》すと、深いねむりの暗い谷底に、ひきずりこまれていってしまった。

「おお、お姫《ひ》いさま。」

かねは、ぐったりと横たわるつるに、やわらかな夜着をかけてやりながら、やつれたほほにまつげの影《かげ》が濃《こ》いつるの寝顔《ねがお》に、止めどもない涙《なみだ》をながすのだった。

(ああ、ほんにおいたわしいことじゃ。

あすは、あんなに待ちのぞんでおられた、ご婚礼《こんれい》の日だったものを。

明成《あきなり》さまは、もうこの世には、おいでにならぬ。
むごすぎる。
ああ、あまりにむごすぎる。)

死んだようにねむりつづけたつるが、目をさましたのは、その日が暮《く》れて、夜もふけたころだった。

長いねむりが、若《わか》いつるの命に、またすこやかな力を呼《よ》びもどした。けれども、今となってはもう、はっきりとめざめた命のすこやかさは、つるの心に、おそろしいほど大きな悲しみを、いたいほどあざやかに呼《よ》びおこすことでしかない。

居間《いま》の床《とこ》の間《ま》には、あすの婚礼《こんれい》のための美しい打《う》ち掛《か》けが、飛び立つ鳳凰《ほうおう》の姿《すがた》にかざりつけられてあった。かねが、とりはずすことを、つい手おくらせてしまっていたのだ。

その打《う》ち掛《か》けに、つとつるの目がとまった時、つるの胸《むね》は、つき上げる嘆《なげ》きにやぶれた。耐《た》えに耐《た》えてきた悲しみの涙《なみだ》が、天から地になだれる滝《たき》となって、あふれ落ちる。

「おおう、おおう、お、おううう……。」

つるは、泣《な》いた。

泣《な》きさけんだ。

明成《あきなり》は、瀬戸内《せとうち》の海に炎《ほのお》となって消え果てた。あの若々《わかわか》しい命に満ちた明成《あきなり》は、もうどこにもいない。幼《おさな》いころから長い時をかけて育ててきた夢《ゆめ》は、断ち切られた。どんなことがあろうとも、もう二度とふたたび、胸《むね》にいだくことのできない望みとなって、くだけ散ってしまった。

髪《かみ》をむすんでいた白い元結《もとゆ》いが、ぷつりと切れた。

さらさらっと、髪《かみ》が床《ゆか》にこぼれた。つるは、つややかな長い髪《かみ》を、居間《いま》いっぱいに乱《みだ》し、のどもさけよと明成《あきなり》の名を呼《よ》んだ。

「明成《あきなり》どの。

明成《あきなり》どの。

ああ、明成《あきなり》どの。」

ことりとの音もたてぬ夜の城《しろ》には、つるの悲しみだけがこだまして、城《しろ》もまた、高く低くむせび泣《な》きつづけた。


それから、二刻《こく》ほども過《す》ぎたろうか。

つるは、しずかに湯をつかい、涙《なみだ》と潮《しお》と泥《どろ》と炎《ほのお》にけがれた身を清め、髪《かみ》をすすいだ。

鏡に向かい、かねに髪《かみ》をすかせているつるのこころもち細くなった面《おも》ざしが、ほんのりさくら色にそまり、かねさえも胸《むね》を打たれるほど、おとなびて美しい。くっきりと目尻《めじり》の切れた涼《すず》しいひとみは、底に憂《うれ》いをたたえながらも、なぜか晴れやかにさえ見える。

かねは、つるが悲しみから立ち上がってくださるのかと、ほっと胸《むね》をなでた。

その時、つるが低くかねを呼《よ》んだ。

「かね。」

「はい。」

かねは、くしを手にしたまま、鏡の中のつるをのぞく。

つるは、鏡にうつるつるをじっと見つめながら、身じろぎもせずいった。

「かね。

つるに、婚礼《こんれい》のしたくを。」

かねは、おどろいた。

「はっ、なんといわれましたのじゃ、お姫《ひ》いさま。」

つるは、重ねて命じた。

「夜が明ければ、明成《あきなり》どのとの婚礼《こんれい》の朝がくる。

さっ、つるに、婚礼《こんれい》のしたくを。」

つるの心をおしはかりかねたかねの目に、ふと不安げな色がかげる。

(もしやお姫《ひ》いさまは、お嘆《なげ》きのあまり、正気を失われたのでは。)

そのかねの心を読みとったかのように、つるは、ほのかにほほえんだ。

「かね、安心をし。

つるは、狂《くる》うてはおらぬ。

つるは、婚礼《こんれい》の姿《すがた》をしたいのじゃ。」

つるのほほえみは、深く思いさだめたものの、心のしずけさをたたえて、清らかに澄《す》んでいる。

かねは、しばらく目をとじ、両手をにぎりしめていた。

(昔、いとしい夫《おっと》を海に失ったわたしじゃ。お姫《ひ》いさまのお心は、ようわかる。

たたかいの世は、いつも人を苦しめ女を嘆《なげ》きの淵《ふち》に追いやるもの。

こうなっては、さわがずに、お姫《ひ》いさまのおのぞみのままに、させてさしあげましょう。それが、このかねの、お姫《ひ》いさまへのせめての心づくしにございます。)

かねは、心を決めた。

「わかりました、お姫《ひ》いさま。

それでは、お姫《ひ》いさまを、この世で一番お美しいお姿《すがた》に。」

「かね、ありがとう。

つるは、かねの心をいつまでも忘《わす》れぬ。

母上さまにも、かねからつるのことばをおつたえ申しておくれ。

つるを、お許《ゆる》しくださいと。」

「お姫《ひ》いさま、おこころ平《たい》らかに、どうぞ。」

かねは、こみ上げる悲しみをかみしめて、童《わらべ》のころからいつくしんできたつるの豊かな髪《かみ》を、心をこめてととのえた。ほほには、しろじろと白粉《おしろい》をはき、くちびるにはほのかな紅《べに》をさした。

やがて、淡《あわ》いともしびの光に映《は》えて、鏡の中には、におやかに咲《さ》きそめた春の花を思わせて、十二単衣《じゅうにひとえ》につつまれたつるが、みやびやかに浮《う》かび上がる。

城《しろ》の外には、一度しずまった嵐《あらし》が、ふたたび勢いをとりもどしたのか、風と海鳴りの音が、鳴りひびいていた。

春の嵐《あらし》に、波がさわぐ。春雷《しゅんらい》が、光る。

その青い雷光《らいこう》に照らされて、台《うてな》の浜《はま》の浜辺《はまべ》に人影《ひとかげ》がゆれる。

白、萌黄《もえぎ》、赤、にじの色にひらめく、十二単衣《じゅうにひとえ》のすそ。そして、風にはためく、金銀綾錦《きんぎんあやにしき》の打《う》ち掛《か》け。海の藻《も》のように乱《みだ》れなびく、長い黒い髪《かみ》。

婚礼姿《こんれいすがた》のつるが、天にかえる天女そのままに、夜のなぎさに立ちつくす。

つるは、まぶたをとじる。

(この浜《はま》のここで、つるは、明成《あきなり》にあらがったのじゃ。

つるを、たたかいの海へ出すまいとする明成《あきなり》のあつい心に。

「姫《ひめ》。」胸底《むなそこ》にずんとひびくあの明成《あきなり》の声。

そして、力いっぱいつるを抱《だ》きすくめた、あの力強い腕《うで》。)

ふと、つるが目をあけると、たくましい身をよろいで固めた明成《あきなり》が、白い波しぶきを浴《あ》びて、
波打ちぎわにほほえみ立つ。

「明成《あきなり》どの。」

つるは、走り寄った。

すると、明成《あきなり》は、大波のくだける暗い海のかなたへ、みるみる遠ざかる。

つるは、何のためらいもなく、岸にただよう小舟に、乗った。つるは、明成《あきなり》を呼《よ》ぶ。

「明成《あきなり》どの。」

けれども、嵐《あらし》の中に、明成《あきなり》の幻《まぼろし》は、浮《う》かんでは消え、消えてはまた浮《う》かび、どこにとどまろうともしない。

つるは、追う。どこまでも、明成《あきなり》を追うていく。

どどどどっ。はげしい春雷《しゅんらい》の音を越《こ》えて、はるかに明成《あきなり》の声が、こだました。

「姫《ひめ》。

つる姫《ひめ》。」

その声に顔を上げたつるは、水しぶきにぬれて咲《さ》く花のように、ほほえんだ。

「明成《あきなり》どの。

われらがちぎりの朝じゃ。」


夜が明けた。

銀色のさざ波がゆれる朝のあおい海原《うなばら》を、主《ぬし》のない小舟が一そう、どこへともなく流れていく。

その舟影《ふなかげ》を見送って、海底から、涼《すず》しい海鈴《うみすず》が、ひとしお高く鳴りひびいていた。

おわり

芸
大三島《おおみしま》
大山祇神社《おおやまずみじんじゃ》
鏡山
井の口《いのくち》
鷲ヶ頭山《わしとうやま》
宮浦
安神山《あんじんやま》
入日の滝《いりひたき》
小海城《こうみじょう》
台本川《うてなほんがわ》
台の城《うてなのしろ》
因の島《いんしま》
来島海峡《くるしまかいきょう》
蒼社川《そうじゃがわ》

周防《すおう》
安《あ》
神殿島《しんでんじま》
小横島《こよこじま》
大崎上島《おおさきかみじま》
大横島《おおよこじま》
上蒲刈島《かみかまがりじま》
下蒲刈島《しもかまがりじま》
大崎下島《おおさきしもじま》
御手洗
大下島
伊予《いよ》
いまばり

著者　阿久根治子（あくね　はるこ）
1933年、名古屋にうまれる。1955年現愛知県立大学国文科卒業。1960年から新聞紙上等に童話・詩を連載。日本古代文学の研究を続けて作品に生かしている。著書に『やまとたける』（第十六回サンケイ児童出版文化賞受賞、福音館書店）、『子どもの神話』（盛光社）、『少年の橋』（偕成社）、『流刑の皇子』（新潮社）などがある。2013年歿。

画家　瀬川康男（せがわ　やすお）
1932年、愛知県岡崎市にうまれる。60年に処女作『きつねのよめいり』を出版。その仕事は日本及び海外で高い評価を受ける。絵本に『ふしぎなたけのこ』『ことばあそびうた』『ぼうし』（福音館書店）、『ふたり』（冨山房）など多数。挿絵に『西遊記』（福音館書店）がある。
2010年歿。

福音館文庫　S-31

つる姫

2004年6月15日　初版発行
2020年10月20日　第6刷

著者　阿久根治子
画家　瀬川康男
発行　株式会社 福音館書店
〒113-8686 東京都文京区本駒込6-6-3
電話　営業 (03) 3942-1226
編集 (03) 3942-2780
装丁　辻村益朗＋大野隆介
印刷　精興社
製本　積信堂

乱丁・落丁本は小社出版部宛ご送付ください。
送料小社負担にてお取り替えいたします。
NDC 913／320ページ／17×13センチ
ISBN4-8340-1982-9　https://www.fukuinkan.co.jp/
＊この作品は、1972年に小社より単行本として出版されました。

福音館文庫
物語

パディントンのクリスマス
M・ボンド作／P・フォートナム画／松岡享子訳

今ではすっかり人気者となったパディントン。内緒で部屋の改装をはじめ、ドアの上にも壁紙を貼りつけて部屋から出られなくなったりと、相変わらず騒動をまきおこします。シリーズ2巻目。（S-9）

年をとったワニの話
L・ショヴォー作／出口裕弘訳

ショヴォー氏とルノー君のお話集1　数十世紀もの年をへたワニは故郷を捨ててナイルを下り、海に出てタコと恋仲になるのですが……苦いユーモアにみちた表題作ほか、奇想あふれる全四編を収録。（S-10）

木馬のぼうけん旅行
U・ウィリアムズ作／P・フォートナム画／石井桃子訳

おもちゃ作りのおじさんが作った小さい木馬は、木のおもちゃが売れなくなったおじさんのために、お金儲けをしようと旅に出ます。木馬は一生懸命働くのですが……トイ・ファンタジーの傑作。（S-11）

ズボン船長さんの話
角野栄子作／鴨沢祐仁画

ケンは四年生の夏休みに元船長さんと知り合い、大事な宝物にまつわるお話をきくことになります。七つの海をかけめぐっての、おかしくて、ちょっぴりさびしいお話のかずかず。（S-12）

シルバー・レイクの岸辺で
L・ワイルダー作／G・ウィリアムズ画／恩地三保子訳

インガルス一家の物語4　ローラ十三歳。とうさんが鉄道敷設の仕事を得た一家は、サウス・ダコタへ移り、ローラは失明した姉のメアリを助け、かあさんの片腕として一家を支えます。（S-13）

子どもを食べる大きな木の話
L・ショヴォー作／出口裕弘訳

ショヴォー氏とルノー君のお話集2　子どもを食べて肥え太ったブナの木ときこりが闘う表題作、誇り高いカタツムリとそれを拾ったルノー君が主人公となる「大きなカタツムリの話」など五編。（S-14）

農場の少年
L・ワイルダー作／G・ウィリアムズ画／恩地三保子訳

インガルス一家の物語5　アルマンゾは九歳。学校へ行くより、父さんの農場を手伝って、牛や馬とすごすほうが楽しいのです。のちにローラと結婚するアルマンゾ・ワイルダーの少年時代の物語。（S-15）

福音館文庫
物語

パディントンの一周年記念
M・ボンド作／P・フォートナム画／松岡享子訳

パディントンが好奇心旺盛な鼻面をつっこむと必ず巻き起こる大騒動。映画を見に行っても、高級レストランに行っても、上品なムードはみごとに粉砕されますが…。シリーズ3巻目。（S-16）

アライグマ博士と仲間たち
B・バーマン作／A・キャディ画／木島始訳

アライグマ博士が仲間と河をくだってニューオーリーンズへ行き、故郷を洪水から救う話、狩人たちをみんなで撃退する話など、なまずがふちの動物たちを主人公にした愉快な三話合本です。（S-17）

名医ポポタムの話
L・ショヴォー作／出口裕弘訳

ショヴォー氏とルノー君のお話集3　「患者が死んでからが私の出番」と豪語するカバ医者が、自ら発明した糊やポンプを駆使して、アフリカにパリにと、けたはずれの治療活動を展開！　他に三編。（S-18）

パディントンフランスへ
M・ボンド作／P・フォートナム画／松岡享子訳

ブラウンさん一家が夏休みにフランスを旅行する計画を立てたときから、銀行でも空港でもパディントンは大騒動を巻き起こし…。果たして一家は無事に渡仏できるのでしょうか。シリーズ4巻目。（S-19）

魔女の宅急便 その2
角野栄子作／広野多珂子画

魔女のキキと相棒のジジの宅急便屋さんは2年目をむかえ町の人にもすっかりおなじみになりました。そんなキキに大問題がもちあがり、キキは魔女をやめようか、と悩みます……。（S-20）

いっすんぼうしの話
L・ショヴォー作／出口裕弘訳

ショヴォー氏とルノー君のお話集4　フランスの一寸法師・ロワトレ君が、木靴の舟に乗って大冒険。アヒルと旅をし、巨人に追われ、王女様とのロマンスも……。他に、異色作二編を収めます。（S-21）

銀のほのおの国
神沢利子作／堀内誠一画

剝製のトナカイのガラスのひとみに炎がゆれて、たかしとゆうこの冒険がはじまった。トナカイ王国復興をめざし、動物たちの国の壮絶な戦いにふたりはたちあう。本格ファンタジーの古典。（S-22）

福音館文庫
物語

ふたりはいい勝負
L・ショヴォー作／出口裕弘訳

ショヴォー氏とルノー君のお話集5　お話好きで仲のいい父子の丁丁発止のやりとりからつむぎ出される、色とりどりの物語。底抜けに自由な楽しさにあふれ、親子の暮らしぶりをも伝える四十三話。（S-23）

シモンとクリスマスねこ
シントラー作／ユッカー画／下田尾治郎訳

クリスマスまであと二四日。ねこのフローラのしっぽの縞の数はちょうど二四です。主人公の男の子、シモンは毎日一つおやすみのお話をしてもらって、しっぽの縞に一つ色を塗っていきます。（S-24）

親指姫
アンデルセン作／大塚勇三編・訳／オルセン画
アンデルセンの童話1

時代を超え、国境を越えて世界中の人々に愛されてきたアンデルセンの童話。このシリーズは、アンデルセン童話五一編を厳選し、さらに不朽の名作『絵のない絵本』を加えた、全4巻の文庫本です。（S-25）

人魚姫
アンデルセン作／大塚勇三編・訳／オルセン画
アンデルセンの童話2

デンマークを代表する画家オルセンが、このシリーズのために全部で二百枚の見事な絵を描いてくれました。アンデルセン童話の最高傑作「人魚姫」や「みにくいアヒルの子」など一七編を収録。（S-26）

雪の女王
アンデルセン作／大塚勇三編・訳／オルセン画
アンデルセンの童話3

天性の童話作家アンデルセンが、悲しみと幸せ、生と死、人の内面の真実について、自由自在に生き生きと物語ります。傑作「雪の女王」や「マッチ売りの女の子」、「赤い靴」など一六編を収録。（S-27）

絵のない絵本
アンデルセン作／大塚勇三編・訳／オルセン画
アンデルセンの童話4

屋根裏に住む貧しい青年画家を慰めるため、幼なじみの月が夜ごとに語る、美しい、月光のようなお話の数々……。生涯旅を愛した作者自身の体験と想像力が結晶した、独特の輝きを放つ作品群。（S-28）

パディントンとテレビ
M・ボンド作／P・フォートナム画／松岡享子訳

思いこみが激しくて融通のきかない、しかし愛すべきくまが、またまた大騒動を巻き起こします。今回はテレビのクイズ番組に出演しアナウンサーと珍問答をしたあげく…。シリーズ5巻目。（S-29）

福音館文庫
物語

ふるさとは、夏
芝田勝茂作／小林敏也画
夏休み、父の郷里を初めて訪れたみち夫は奇妙な体験をする。バンモチという伝統行事の晩、どこからか飛んできた一本の白羽の矢。その謎をめぐって、おかしな神様たちがつぎつぎと現れて……。（S-30）

つる姫
阿久根治子作／瀬川康男画
戦国時代、瀬戸内海を拠点とする三島水軍の総領の美しい娘、つる姫は容赦なく時代の波に巻き込まれていく。おしよせる大軍との壮絶な戦い、そして許婚の死…。一大歴史ロマン、待望の復刊。（S-31）

パディントンの煙突掃除
M・ボンド作／P・フォートナム画／松岡享子訳
煙突掃除にバス旅行に、クリケットの対抗試合にと、パディントンはまたまた大活躍。ペルーのおばさんの百歳のお祝いに出かけるパディントンのお別れ会が開かれますが…。シリーズ6巻目。（S-32）

魔法使いのチョコレート・ケーキ
M・マーヒー作／S・ヒューズ画／石井桃子訳
不思議と驚きがいっぱいの幻想的な世界へ子どもたちを案内し、夢と願いを存分に満たしてくれるお話集。「たこあげ大会」「葉っぱの魔法」「遊園地」など、八編の童話と二編の詩を収めています。（S-33）

パディントン妙技公開
M・ボンド作／P・フォートナム画／松岡享子訳
パディントン、今度はジュディの学校でみごとなバレエをご披露して、拍手喝采。でも、ほんとうは……。ますます目がはなせない、おかしなクマのおかしな成りゆき。シリーズ7巻目。（S-34）

ウルフ・サーガ（上）
K・レヒアイス作／K・ホレンダー画／松沢あさか訳
遠い昔、すべての生き物の平等を説く「ワカの掟」を守って、狼たちは平和に暮らしていた。そこに突然、黒狼をリーダーとする集団が襲う。シリキたち狼きょうだいの苦難の闘いを描く壮大な物語。（S-35）

ウルフ・サーガ（下）
K・レヒアイス作／K・ホレンダー画／松沢あさか訳
シリキたち狼きょうだいは、幾多の困難のすえに安住の地をみつけた。が、唯一の秩序である「掟」の復活をめざして、再び巨大な黒狼に果敢な闘いを挑む。雄大なスケールで描く狼たちの一大叙事詩。（S-36）

福音館文庫
物語

九つの銅貨
W・デ・ラ・メア作／清水義博画／脇明子訳

二十世紀前半の英国を代表する詩人・物語作家である著者の『子どものための物語集』から選んだ五編——風土や風俗習慣、様々な伝承をふまえながら独特な世界を編みあげた、香気ゆたかなお話集。（S-37）

ミス・ヒッコリーと森のなかまたち
C・S・ベイリー作／R・C・ガネット画／坪井郁美訳

手足はリンゴの小枝、頭はヒッコリーの実でできた、小さな田舎娘のお人形、ミス・ヒッコリーの物語。果樹園のリンゴの木が奏でる、田園生活の歓びに満ちたファンタジーです。（S-38）

ぞうのドミニク
ルドウィク・J・ケルン作／長新太画／内田莉莎子訳

ピーニョは、毎晩ビタミン剤をのむかわりに部屋の陶器の象の鼻の穴に入れていました。その象ドミニクが、だんだん大きくなって話したり動いたりもできるようになって事件をおこしていきます。（S-39）

ラバ通りの人びと
ロベール・サバティエ作／堀内紅子・松本徹訳

オリヴィエ少年の物語1　一九三〇年代、パリ下町の猥雑だがエネルギーにあふれた生活と庶民像を活写しながら、そこに暮らす一人の少年の心の軌跡をみずみずしく描く、自伝的連作小説の第一作。（S-40）

三つのミント・キャンディー
ロベール・サバティエ作／堀内紅子訳

オリヴィエ少年の物語2　裕福な伯父夫婦に引き取られ、生まれ育ったラバ通りを離れた主人公オリヴィエは、新しい家族の中で自分らしい生きかたを見つけようと、手さぐりの暮らしを始めます。（S-41）

ソーグのひと夏
ロベール・サバティエ作／堀内紅子訳

オリヴィエ少年の物語3　両親の故郷に夏の休暇をすごすオリヴィエ。豊かな自然と昔ながらの暮らしが息づく美しい村で、素朴で心優しい人々に囲まれ、少年は深い慰藉を得て未来へと歩み出します。（S-42）

おおやさんはねこ
三木卓作／荻太郎画

ぼくが部屋を探していると、不動産屋に格安の物件が出ていました。六畳間に台所、トイレ、それにお風呂まで。しかし、条件の一つに、「毎日、お魚を食べる方」と書いてあったのです。（S-43）

福音館文庫
物語

ぼくと原始人ステッグ
C・キング作／E・アーディゾーニ画／上條由美子訳

みんながごみ捨て場にしている穴に落ちた主人公の少年は、いろいろなガラクタを使って隠れ家をつくり、たった一人で暮らしている原始人と出会い、さまざまな冒険をすることになるが……。（S-44）

レクトロ物語
ライナー・チムニク作／上田真而子訳

夢見がちなレクトロがさまざまな仕事をする中で体験する奇妙な出来事の数々。細密で明快な絵と寓話的なストーリーが不思議なリアリティを創りだす独特のチムニク・ワールド。完訳版です。（S-45）

この湖にボート禁止
G・トリーズ作／R・ケネディ画／多賀京子訳

湖の島にこぎ渡ることを禁じられたビルたちは、なぞを追って島の持ち主アルフレッド卿に立ち向かい、ついに埋もれた千年前の「宝物」を発見する……。トリーズの傑作が、新訳で登場。（S-46）

キルディー小屋のアライグマ
R・モンゴメリ作／B・クーニー画／松永ふみ子訳

動物好きの石工、ジェロームじいさんが、ひとり静かに暮らそうと選んだ隠居先でおこる思いがけない出来事と、アライグマ、野生スカンクや子どもたちとの交流を描く。（S-47）

パディントン街へ行く
M・ボンド作／P・フォートナム画／田中琢治・松岡享子訳

パディントンは今回も大忙し。結婚式の案内係にゴルフのキャディー、ドクターになったと思ったら大道芸人?! 勘ちがいやら思わぬ誤解が、またもやピンチを招きます。待望のシリーズ8巻目。（S-48）

魔女の宅急便 その3
角野栄子作／佐竹美保画

16歳になったキキのもとへ、12歳のケケという女の子が転がりこんできます。彼女にふりまわされるキキですが……。ふたりの自立していく姿がみずみずしく描かれています。（S-49）

タランの白鳥
神沢利子作／大島哲以画

タランの湖底の青い玉、それはモコトルの父祖が退治した大トドの片目だという。いまトド神はよみがえり、美しい白鳥の化身した娘とつつましく暮らすモコトルにつぎつぎと難題が……。（S-50）

福音館文庫

物語

ペルフロム作／ファン・ストラーテン画／野坂悦子訳

第八森の子どもたち

第二次大戦末期のオランダ。ドイツ軍に町を追われ、森の中の農家に疎開した十一歳の少女ノーチェの目を通して、厳しい戦争の冬を懸命に生きる人々の喜びや悲しみが、細やかにつづられる。（S-51）

M・ボンド作／P・フォートナム画／田中琢治・松岡享子訳

パディントンのラストダンス

そそっかしくて好奇心旺盛なクマ、パディントン。ミシンでズボンを直せば見るも無残な結果に。馬術競技で馬に乗れば反対向き。はりきって出かけた舞踏会では……。今回も大騒動の、シリーズ9巻目。（S-52）

小風さち作／小野かおる画

ゆびぬき小路の秘密

ふしぎなボタンの力で時間をさかのぼったバートラムは、ボタンの謎を追ううち、そのボタンを縫いつけた仕立屋のおばあさんと知りあうようになる。野間児童文芸新人賞受賞のタイムファンタジー。（S-53）

ブッツァーティ作／天沢退二郎・増山暁子訳

シチリアを征服したクマ王国の物語

厳しい冬が到来し、飢えと寒さにたまりかねて山からおりたクマたちは、シチリアの大公率いる人間の軍隊に勝利して、クマの王国を打ち立てるが……。おもしろく、やがて悲しいクマと人間の物語。（S-54）

石牟礼道子作

あやとりの記

みっちんは、南九州の自然のなかで、この世のかたすみで生きているような人々にみちびかれ、土地の霊「あのひとたち」と交わってゆく。現代の古典『苦海浄土』の著者の、詞藻ゆたかな自伝的作品。（S-55）

瀬田貞二作／堀内誠一画

お父さんのラッパばなし

ほら吹き父さんによる、ゆかいな14のラッパばなし。ニューヨークでは窓ふき世界チャンピオン、イギリスではサーカスで大活躍！　バグダッドでは大泥棒を捕まえて……さて今日のおはなしは？（S-56）

M・ボンド作／P・フォートナム画／田中琢治・松岡享子訳

パディントンの大切な家族

ラグビーの試合で大活躍のパディントン。突如そこに現れたのは……。いよいよルーシーおばさんの登場で、物語はクライマックスへ。はたしてパディントンはペルーに帰ってしまうのでしょうか⁉（S-57）

福音館文庫
物語

天の鹿
安房直子作／スズキコージ画

鹿撃ちの名人、清十さんの三人の娘たちはそれぞれ、牡鹿に連れられ、山中のにぎやかな鹿の市へと迷いこむが……。末娘みゆきと牡鹿との、“運命のひと”を想うせつなさあふれる物語〔解説堀江敏幸〕。（S-59）

山のトムさん ほか一篇
石井桃子作／深沢紅子・箕田源二郎画

北国の山中で開墾生活をはじめたトシちゃんの家に、ネズミが出没！　その退治のためもらわれてきたネコ、トムのおかげで一家には笑いが絶えなくなり——。短篇「パチンコ玉のテボちゃん」も収録。（S-60）

愛の一家 あるドイツの冬物語
A・ザッパー作／M・ヴェルシュ画／遠山明子訳

ペフリング一家は陽気な音楽教師の父親と思慮深く優しい母親、そして個性豊かな七人の子どもたちの大家族。つましい暮らしの中で、家族が助け合って明るく生きる姿を描く。家庭小説の傑作！（S-61）

魔女の宅急便 その4
角野栄子作／佐竹美保画

十七歳になったキキ。淡い恋も、たしかな想いへと育ちはじめていた。離ればなれのとんぼさんと会えないことに、落着かない気持になったキキは、暗い森にはいりこんでしまうのだったが……。（S-62）

鬼の橋
伊藤遊作／太田大八画

妹を亡くし失意の日々を送る少年篁は、ある日妹が落ちた古井戸から冥界の入り口へと迷い込む。そこで出会ったのは……。第三回児童文学ファンタジー大賞受賞作、待望の文庫化。（S-63）

はじまりのはじまりのはじまりのおわり
アヴィ作／T・トゥサ画／松田青子訳

カタツムリのエイヴォンとアリのエドワードは「冒険を探すための冒険」の旅に出ます。道中、たくさんの不思議に出会いながら、枝の根元から先までの短くて長い冒険はゆっくり続きます。（S-64）

ハッピーノート
草野たき作／ともこエヴァーソン画

学校でも塾でも、友だちを前に本当の気持ちを口に出せずにいる6年生の聡子。塾で好きになった男の子と仲良くなろうとがんばるうちに、次第に周囲の人との関係も変わっていきます。（S-65）

福音館文庫
物語

角野栄子作／佐竹美保画
魔女の宅急便　その5
もう新米魔女ではない十九歳のキキ。たくさん友人もできたけれど、遠距離恋愛中のとんぼさんとは、すれちがい気味。そんな折、魔法が弱まり、ジジとも言葉が通じにくくなってしまい……。（S-66）

角野栄子作／佐竹美保画
魔女の宅急便　その6
とんぼさんと結婚したキキは、いまや男女の双子のお母さん。活発な姉のニニ、物静かな弟のトトはそれぞれ冒険を経験し、ひとり立ちの日を迎える——。だれもが知る日本児童文学、ついに完結！（S-67）

安房直子作／小沢良吉画
風のローラースケート——山の童話
動物と人間の入会地である峠の茂平茶屋周辺を舞台に、その幻想的な交流を「ほんとうにほんとうに楽しく」書いたと作者が生前述懐した、新美南吉児童文学賞受賞の連作童話集。〔解説　やなせたかし〕（S-68）

アンリ・ボスコ作／J・パレイエ画／天沢退二郎訳
犬のバルボッシュ　パスカレ少年の物語
『夢の鍵』を手に、馬車にゆられ、山道をゆき、愛犬のバルボッシュとともにマルチーヌ伯母さんの故郷を目指す伯母さんと少年パスカレ。夢のような旅路のはてに二人が見たものは……。（S-69）

伊藤遊作／太田大八画
えんの松原
帝の住まう内裏のとなりに鬱蒼と広がる松の林。そこは「えんの松原」とよばれる怨霊たちのすみかだった。音羽は、東宮・憲平に祟る怨霊の正体を探るべく、深い闇のなかへと分け入っていく。（S-70）

藤巻吏絵作／長新太画
美乃里の夏
美乃里の十歳の夏休みは、同い年で同じ名前の少年・実との出会いから始まった。小さな銭湯でのひと夏の出来事と、突然の別れを通して、少女の心の成長を描く。（S-71）

石牟礼道子作／山福朱実画
水はみどろの宮
七つになるお葉は、山の湖の底深く、「水はみどろの宮」を浄める千年狐のごんの守と出会い、山の声を聞くようになる。招かれた山の祀りで見た光景は——。（S-72）

福音館文庫
古典童話

ピーター・パンとウェンディ
J・M・バリー作／F・ベッドフォード画／石井桃子訳

ある夜、ウェンディたちは「ネヴァーランド」へ飛び立ちます。妖精、海賊、人魚、それに人食いワニ——永遠の少年ピーターと一緒に、陽気で、むじゃきで、きままな者たちだけの冒険が始まります。（C-8）

ロビンソン・クルーソー
D・デフォー作／B・ピカール画／坂井晴彦訳

世界中の子どもたちから熱烈な支持を受け、足かけ四世紀にわたって読みつがれている孤島物語の傑作。読みやすい訳文に、一七二五年刊行のフランス語版から復刻した美麗な挿絵をそえた決定版。（C-9）

西遊記（上）
呉承恩作／瀬川康男画／君島久子訳

ご存じ孫悟空の物語。天宮を騒がせ、お釈迦様に五行山下に閉じこめられた悟空は、五百年後に縁あって三蔵法師に救われ、猪八戒、沙悟浄とともに、天竺雷音寺へと取経の旅にのぼります。（C-10）

西遊記（中）
呉承恩作／瀬川康男画／君島久子訳

幾山河、厳しい取経の旅をつづける一行の行く手を阻む魔物は数知れず、身を挺して三蔵を護る健気な悟空、ときに欲に溺れて道を外す猪八戒、生真面目な沙悟浄—四人の苦難と活躍やいかに。（C-11）

西遊記（下）
呉承恩作／瀬川康男画／君島久子訳

手を替え品を替え襲いかかる妖怪変化の群れ。偽悟空の出現に万策つき果て、菩薩の助けを求める悟空。そして、妖しい美女の誘惑を退け、八十一の災厄患難を切り抜けた一行は、遂に雷音寺へと。（C-12）

あしながおじさん
J・ウェブスター作／坪井郁美訳

長い間、多くの読者に愛されてきた作品の決定版。逆境にめげず、常に前向きに生きてゆく主人公ジュディーの快活なユーモア、純真な心は、永遠に読者の心の中で生き続けるでしょう。（C-13）

若草物語
L・M・オールコット作／T・チューダー画／矢川澄子訳

南北戦争時代のアメリカ。戦地に赴いた父親のいない家庭を賢い母親と四人の姉妹、メグ、ジョー、ベス、エイミーが隣人の善意に助けられながら健気に守りぬきます。家庭小説の名作中の名作。（C-14）

福音館文庫
古典童話

ふしぎの国のアリス
L・キャロル作／J・テニエル画／生野幸吉訳

チョッキを着たへんてこなウサギを追いかけて、不思議な世界に迷いこんだアリスが出会う、奇妙なできごとの数々……。ユーモアとナンセンスにあふれた古典中の古典を、初版の挿絵とともに。（C-15）

トム・ソーヤーの冒険
マーク・トウェイン作／八島太郎画／大塚勇三訳

アメリカ国民文学の父マーク・トウェインが、少年時代の経験をもとに創り出した、不滅の少年冒険物語。子どもたちの自在な夢とあこがれを十二分に充たしてくれる、痛快無比なエピソードの数々。（C-16）

海底二万海里（上）
J・ベルヌ作／A・ド・ヌヴィル画／清水正和訳

「なにかばかでかい物」に海上で出会ったという報告が、いくつかの船からなされた。クジラよりはるかに大きく速いという。追跡してみると、それは謎の男ネモ艦長の潜水艦ノーチラス号だった。（C-17）

海底二万海里（下）
J・ベルヌ作／A・ド・ヌヴィル画／清水正和訳

人間を避け、陸地を離れ、海底に生きる男、ネモ艦長。読者は主人公のアロナックスと共に、太平洋、インド洋、大西洋、さらに南極へと人類がこれまで見たことのない驚異と神秘の世界に導かれる。（C-18）

鏡の国のアリス
L・キャロル作／J・テニエル画／生野幸吉訳

鏡をすりぬけて、アリスはその背後にある鏡の部屋に楽々と入っていきます。物語はアリスをチェスの一こまにして、それが女王になるまでの課程を描いているといわれていますが、果たして……。（C-19）

ガリヴァー旅行記（上）
J・スウィフト作／C・E・ブロック画／坂井晴彦訳

十五センチほどの小さな人たちの住むリリパット国で大活躍したガリヴァーは、今度は身の丈が十八メートルもある巨人の国に漂着します。緻密なペン画を添えた完訳で本物の「ガリヴァー」を。（C-20）

ガリヴァー旅行記（下）
J・スウィフト作／C・E・ブロック画／坂井晴彦訳

巨人国から帰ったガリヴァーは、次には飛ぶ島（現在のUFO？）で奇妙な体験をしたり、なんと江戸時代の日本を訪れたりします。そして最後には、馬の統治する国に迷い込んでしまいます。（C-21）

福音館文庫
昔話

雪の夜に語りつぐ
笠原政雄 語り／中村とも子 編

笠原政雄さんは新潟県長岡市に住んでいた昔話の語り手です。中村とも子さんが五年の歳月をかけて聞き集めた昔話の数々とそれにまつわる思い出話に耳をかたむけてください。（F－10）

カマキリと月
M・ポーランド作／L・ヴォイト画／さくまゆみこ訳

南アフリカに古くから住む人々の世界観やものの見方をよりどころにした、豊かでおおらかな八つのお話。変化に富む自然を背景に、主人公の動物たちの生き生きとした暮らしや冒険を描きます。（F－11）

コヨーテ老人とともに
ジェイム・デ・アングロ作・画／山尾三省訳

幼いキツネ坊やが旅をしながらさまざまな経験をつみ、成長していく旅物語。先住民の文化に深い理解を持ち、共感を抱く言語学者による、昔話が豊富に組み込まれた独特の魅力を持つ世界です。（F－12）

吸血鬼の花よめ
八百板洋子編・訳／高森登志夫画

ブルガリアはバルカン半島に位置し、古くから東西文化交流の場でした。昔話もオリエントとヨーロッパ相互の影響をうけた独自の楽しいものが多くあります。選りすぐった十二話を収録。（F－13）

だまされたトッケビ
神谷丹路編・訳／チョン スンガク画

韓国にはトッケビといういたずらずきで、憎めない不思議なおばけがいるそうです。どうも人間がすきみたいです。愉快なトッケビのお話が十五話つまった昔話集です。（F－14）

カナリア王子
カルヴィーノ再話／安野光雅画／安藤美紀夫訳

魔法の本のページをめくると、王子はたちまち黄色いカナリアに。カルヴィーノが再話したイタリア民話の中から、表題作「カナリア王子」ほか、美しくも恐ろしい選りすぐりの七編を。（F－15）

黒いお姫さま
ブッシュ採話／佐々木マキ画／上田真而子訳

悪魔に願って子を授かった王様とお妃様。生まれた姫は美しく成長しますが、予言通り十五歳の誕生日に死んでしまいます。夜中になると、真っ黒になった姫が棺から……。ドイツの昔話十一篇。（F－16）